歩きながら、飲みながら

ワインとドイツと故郷《ふるさと》と

OZAKI
Hiroichi

尾崎広一

文芸社

はじめに

昭和四十一年（一九六六年）、高校卒業と同時に十八歳で上京した。しばらく経って落ち着いた頃から、好んで読んだ本は随筆・随想集の類いだった。深田久弥の『山頂の憩い』、徳富蘆花の『自然と人生』、串田孫一の『愛の断想』、松田修の『植物随想　花を読む』などは、古く色あせているが今も私の書架に並んでいる。奥付を見ると、本製本にもかかわらず価格はいずれも五〇〇円以下である。

これらの本は、都会の空気に慣れずに緊張から解放されきれていない私を和らげてくれた。幼少期から青年期まで慣れ親しんで育った川・山・草花などの自然界を、美しい表現で、短く書きまとめられた文章を読んでいる時間は、心が自然と和んでいたのである。

齢《よわい》七十六も過ぎ、自分でも随想・随筆に挑んでみようかと思い立った。思い出に残っていること、故郷に関すること、旅先での出来事などをテーマに、自然体で、自由に書き始めることにした。

ドイツワインやナチスの残虐行為に思いを馳《は》せたものもあるが、それらはドイツに興味を持ち、三十歳を過ぎてからドイツを中心とした旅を重ねて考えたこと、感じたことのエッセイである。

なお、中には先に上梓《じょうし》した拙著『ヨーロッパ文化紀行』、『心のアルバム』に記述したものに加筆し、エッセイ風に改めたものもある。

目次

Ⅱ　ドイツを旅して

Ⅲ 故郷を思いて

I

徒然《つれづれ》なるままに

鉄道開通と大森貝塚の発見

♪汽笛一声新橋を　はや我汽車は離れたり　愛宕《あたご》の山に入りのこる
　月を旅路の友として……　（「鉄道唱歌」より）

日本における最初の鉄道は、明治五年（一八七二年）に開業した新橋～横浜間である。この時に設置された駅は、新橋・品川・川崎・鶴見・神奈川・横浜の六駅であった。新橋は現在の汐留《しおどめ》駅で、横浜は港に近い現在の桜木町駅である。大森駅はまだなかった。

新橋～横浜間に鉄道が開通すると、その鉄道関連の技師たち（多くは英国人）の休息所が建設され、そこは鉄道の仮乗降場となった。そして明治九年（一八七六年）に仮乗降場は駅となり、「大森駅」と名付けられたのである。

ちなみに、近隣の蒲田《かまた》駅の開設は明治三十七年（一九〇四年）年、大井町駅は大正三年（一九一四年）で、渋谷駅と新宿駅は共に明治十八年（一八八五年）であることを考えると、「大森駅」はずいぶん早い時期に開設されたことが分かる。

海が近くに見え、美しい梅の花が咲く大森台地は、財界人・政治家や外国人たちの別荘・住宅地として発展していった。大森貝塚を発見したエドワード・S・モースもその一人である。

モースは、明治十年（一八七七年）五月十八日にボストン郊外の自宅を出発し、六月十八日に横浜到着。翌十九日に新橋へ向かう開通したばかりの蒸気機関車の車窓から、貝殻が堆積する地層を発見した。

モースは文部省の許可を得て、同年九月から、現場の発掘調査を開始した。そして翌明治十一年（一八七八年）三月十一日、大森貝塚の発掘終了を東京府に通知している。当時、モース四十歳。大森貝塚の発見により、この地は「日本考古学発祥の地」といわれている。

来日して間もなく、モースはお雇い外国人として東京帝国大学の初代動物学教授に招《しょう》聘《へい》された。彼は東京帝国大学で貝類の研究をしながら、江の島に動物学研究所を設けて、腕足類の採集にも精力的に関わっていた。

三度（通算約四年間）にわたって来日したモースは日本をこよなく愛し、庶民の暮らしや「こころ」に魅せられた。そして庶民の写真・スケッチ、モース自身の日記のほか、生活用品、陶器など多彩な品々を本国のアメリカに持ち帰った。それらは、ピーボディー・エセックス博物館とボストン美術館に「モース・コレクション」として所蔵されている。

モースの名著『日本その日その日』（Japan Day by Day 1917）には、写真付きで次のような記述がある。「世界中で日本ほど、子供が親切に扱われ……（中略）……されている国はない。……（中略）……子供達は朝から晩まで幸福であるらしい」

なお、モースが館長を務めたこともあるピーボディー・エセックス博物館と大田区立郷土博物館は、モースが大森貝塚を発見した縁で、姉妹館提携している。そして、平成六年（一九九四年）十月には提携十周年記念行事を行った。

モラエスを偲《しの》んで

知日家・親日家として知られるポルトガル人モラエス（ヴェンセスラオ・デ・モラエス）の著作と出会ったのは、四十歳の頃（昭和六十二年（一九八七年）頃）、私が『世界のみた日本　国立国会図書館所蔵　日本関係翻訳図書目録』の編纂《へんさん》に取り組んでいた時期のことである。日本が目覚ましい経済成長を続けていた時期で、外国からも注目され、日本に関する書物も数多く出版されていた。

当時、私は国会図書館に勤めていたのだが、外国人の著作による日本関係の書物に関する問い合わせが多く寄せられていた。かような状況の中で、利用者の利便を考慮して上記の『世界のみた日本』の編纂を手掛けたのであった。

編纂作業中に出会ったモラエスの著作に、『おヨネとコハル』『徳島の盆踊り』『日本の追慕』『日本精神』のほか、『定本　モラエス全集　第1〜第6』などの日本関係の図書があることを知った。

日本に関する著作がある外国人として、古くはマルコ・ポーロからルース・ベネディクト、ドナルド・キーンなど多くの有名人がいる。中でも、日本人と結婚し生涯日本に住み続け、日本に骨を埋《うず》めたモラエスは、異色の人物のひとりであると言えるだろう。

モラエスは一八五四年、ポルトガルのリスボンの旧家の嫡男として生まれた。一八七五年に二十一歳で海軍士官となり、アフリカ、インド、アジア各地を航海する。海軍士官としてモザンビークに十年余り勤務した後、一八八一年、ポルトガル領だったマカオの港務局副司令に着任。日本に最初に来たのは明治二十二年（一八八九年）三十五歳の時で、貨客船ベルギー号で長崎港に入港した。

彼が港務局副司令をしていたマカオ港の背後も深い緑に包まれていたが、長崎の緑はその何倍も勝っていた。今まで見たどの国の緑と比べても、この長崎の緑に勝るものはない、と彼は思った。船上から長崎の緑を眺めた時は、全身がふるえるような感激があったという。これが、日本という未知の国に対するモラエスの第一印象だった。

モラエスは日本が気に入り、以後、仕事も兼ねてたびたび来日するようになった。

その後、一八九八年にマカオ港務局副司令の職務を解かれて、本国帰還の命令が下ると、彼は大好きな日本に移住することを決意する。そして明治三十二年（一八九九年）、日本（神戸）にポルトガル領事館が開設されると、同胞知友の世話で初代副領事として赴任した。大正元年（一九一二年）には総領事となり翌大正二年（一九一三年）まで在勤した。領事館勤務中に在住していた神戸市の東《ひがし》遊園地には、現在もモラエスの銅像がある。

モラエスは神戸在勤中に芸者のおヨネ（本名：福本ヨネ）と出会い、内妻として迎えて彼女と共に十三年暮らした。この間はモラエスにとっては比較的穏やかな日々であったようだ。

モラエスは一九〇二年から一九一三年まで、当時の日本における政治外交から文芸に至るまで膨大な量の情報を、ポルト市の著名な新聞『ポルト商業新聞』に紹介している。のちにそれらを収録した書籍『日本通信』全六冊が刊行され、ヨーロッパにおける日本情報の普及に大きく寄与したのである。

モラエスの運命に大きな転換期が訪れたのは、革命によってポルトガルの王家が滅亡し、祖国が大混乱に陥った一九一二年だった。同じくこの年には、三十八歳のおヨネが心臓病で急死したのである。

翌大正二年（一九一三年）、五十九歳のモラエスは突如領事を辞任し、ポルトガル軍籍も離脱して、おヨネの故郷である徳島市に移り住む。そして徳島では、おヨネの姪《めい》で当時二十歳の斎藤コハルを「下女」として、二人だけの暮らしに入った。

しかし、翌大正三年（一九一四年）に第一次世界大戦が勃発すると、警察がモラエスの周辺を厳重警戒したり、市民が露骨な敵意を示したりと、不愉快なことが続いた。さらに、コハルの出産に関わる問題など、モラエスの側からみれば不愉快極まりない状況であった。

コハルは二人の子どもを続けて産んだのだが、父親は以前からの日本人の愛人だった。そして大正五年（一九一六年）、コハルは喀血《かっけつ》して入院し死んでしまう。


大正八年（一九一九年）、徳島に移住して六年が経過した頃、追慕の渦に流されながら『おヨネとコハル』を執筆していた。この本でモラエスは、母国の人々にそれまで隠してきた日本での妻および愛人コハルについて、赤裸々に告白している。また『おヨネとコハル』を描くことによって、徳島および日本を見事に描き出している。

大正十三年（一九二四年）、モラエスは七十歳となり、身体は着実に衰えていった。持病の腎臓病だけでなく、心臓弁膜症や糖尿病も悪化した。ひとり暮らしではあったが、愉快で優しい隣人たちの親切に支えられながら、充実した日々を送っていた。

しかし昭和三年（一九二八年）になると、身体はあらゆる成人病でぼろぼろになり、執筆や読書さえままならないほどになった。モラエスの病状を知った本国の外務大臣からの要請を受け、領事が自ら夫人を伴って徳島へやって来た。領事夫妻は神戸への転地療養を懸命に勧めたが、モラエスは相変わらず「私はここで一生を終えたい」と固辞するばかりだった。

昭和四年（一九二九年）六月三十日夜半、モラエスは神戸から持ってきたまま手をつけなかったブランデーを飲んだ。普段は酒を飲まないモラエスだったが、救いを求めるような気持ちで一気に飲んだのである。

心臓が激しく動悸《どうき》し、意識が朦朧《もうろう》となる中で台所へ這《は》って行った。水を飲もうと立ち上がった瞬間、弱り切った足腰に加え、経験したことのない強い酔いでバランスを失い、土間に倒れ込んで頭部を激しく打ちつけた。そして、そのまま帰らぬ人となった。

遺体は翌朝発見された。モラエスの遺書の入った小箱も二階で発見され、何もかも遺志どおりに執行された。遺体は火葬され、遺骨はコハルの墓に入った。享年七十五歳。

モラエスが毎日、震える手で花を胸に抱いておヨネとコハルの墓に行き、供え、いつまでも佇《たたず》んでいたのを、こっそり見ていた小さな女の子たちは、モラエス亡き後も花を摘んできては供え続けたという。


モラエスは、コハルの死後も自分が死ぬまで日本にとどまり続け、『徳島の盆踊り』(大正五年(一九一六年))や『おヨネとコハル』(大正十二年(一九二三年))などの原稿を書いてポルトガルに送り続けた。

モラエスの著書は、優しくてつつましい日本の女性の一理想型を描き出した佳作と評されている。

モラエスの著書『おヨネとコハル』『日本精神』『ポルトガルの友人へ』『徳島日記』等は、ポルトガル語で書かれていることもあり、生前には日本ではほとんど注目されることはなかった。しかし、モラエスの死後に日本語訳が刊行されると、日本讃美の本として取り上げられるようになった。

徳島市のモラエスの旧宅の一部は、眉山《びざん》山上の「モラエス館」の内部に移築されて保存・

活用されている。また、以前旧宅のあった徳島市伊賀町一帯には、モラエスの名を冠した「モラエス通り」と名付けられた通りがあり、通りの一画にはモラエスの銅像がある。

このような人生を歩んだ徳島でのモラエスを偲ぶ旅で、国内旅行を締めくくりたいと数年前から考えていた。

実は、国内旅行で一度も足を踏み入れていない都道府県は、徳島県のみである。モラエスへの思い入れを大事に考え、彼が毎日花を供えていたというおヨネとコハルの墓、いやモラエスも一緒に眠っているお墓に献花したく、最後の旅行先として考えていたのも事実である。

ところが、いざ実行しようと思った矢先、新型コロナの感染が続き、旅行は実現できなかった。コロナ禍も少し落ち着いたようなので、近い将来に是非訪れたい。

柳生街道滝坂の道

奈良市内から能登川に沿って春日山に分け入り、石切峠を越えて忍辱山《にんにくせん》から柳生に至る道を俗に「柳生街道」という。もとは「滝坂道」と呼ばれた古道で、奈良・平安時代には奈良と笠置《かさぎ》を結ぶ修験者の道であった。そして江戸時代には、奈良と柳生陣屋を繋《つな》ぐ重要な街道ともなった。

地図で確認したところ、住んでいる京都府精華町の宿舎から「滝坂道」まではかなり遠いことが分かったが、思いきってジョギングで行くことに決め、午前九時に出発した。

四十分近く走り、奈良市街に入る少し手前の小高い地点に到達した時、右手にドリームランドが目に入った。ドリームランドは、中学の修学旅行で行った思い出の遊園地である。懐かしかったので覗《のぞ》いてみることにした。

入園してすぐ右手に古びた木製のジェットコースターがあり、修学旅行の時に乗ったのとそっくりだった。まさかとは思ったが、入り口に立っていた守衛さんに訊《き》いてみたところ、昔からあった物をそのまま残してあるとのことだった。さすがに、現在は使用していないそうだ。

奈良市街に入って間もなく、左手に東大寺の大きな大仏殿が見えてきた。南大門前を通過し、左手に朱塗りの春日大社を見ながら奈良公園内を進むと、やがて高畑町《たかばたけちょう》に入った。この辺りは静かな住宅地で、小説家・志賀直哉の住居跡も残っている。

春日山の南麓の緩やかな坂道を、「滝坂道方面」の標識に従ってしばらく行くと、破石《わりいし》町《ちょう》に入った所で「滝坂道」の入り口にたどり着いた。この地点で、すでに一時間以上走り続けていた。

滝坂道の入り口で立ち止まり、大きく三回深呼吸をしてから、気を引き締めて小さな渓流の能登川に沿って滝坂道に踏み込んで行った。深くえぐれた道路面には、江戸時代に奈良奉行によって敷かれた石畳が残っており、ところどころ苔《こけ》むしている古道を走り進むと、辺りは次第に深い森に包まれてきた。

滝坂道では、花崗岩《かこうがん》に彫られた「夕日観音」や「朝日観音」などの摩崖仏を観ることができた。他にも、荒木又右衛門が試し切りをしたという伝説がある「首切地蔵」や「地獄谷石窟仏」、「春日山石窟仏」などの石仏もあった。家を出発してからすでに一時間半も走り続けており、相当疲れていたので、走ったり歩いたりを繰り返しながらこれらの仏像を眺めていた。

薄暗い森の中、厳しい急坂を登り切ってしばらく行くと石切峠に出た。そこには江戸時代に戻ったような、風情のある「峠の茶屋」が一軒ポツンと建っていた。中に入ると、かつて武芸者たちが代金の質に置いていったという鉄扇や槍が壁に並べ掛けてあった。主の話では、この「峠の茶屋」は、そういう時代から営業していたらしい。

この茶屋で昼食をとり、疲労回復のためにゆっくり寛《くつろ》いだ。

帰りは円成寺までバスで行くつもりだったので茶屋の主に訊いたら、バスは通っていないとのこと。ならばジョギングで行こうと思って円成寺までの距離を訊《たず》ねたところ、「東大寺までよりも遠い」との返事だった。仕方なく滝坂道を引き返すことにした。

往路で峠の茶屋までに二時間以上走っており、少しの間休憩したとはいえ、未《いま》だ身体は回復していなかった。そんな状態で急な坂道を下り始めたが、やがて足腰に痛みが出てきたので、途中からペースを落として滝坂道の入り口までたどり着いた。

疲労はすでに限界近くまで達していたので、走るのはやめ近鉄奈良駅から電車とバスを乗り継いで帰った。

このコースは距離も長かったが、思っていたよりも急な坂道が多かった。ジョギングを選択したのは無謀だったようだ。

私は子どもの頃から、何事も「ほどほどにしなさい」、「君には言っても無駄だと思うけど」と言われてきた。このコースにジョギングで挑んだのは、そうした性格が仇《あだ》になったようだった。

二上山（フタカミヤマ→ニジョウザン）

二上山は奈良の西方、大阪府との県境である金剛連山の北部に位置し、二つの山頂を持つ。北方（奈良県葛城市）の山頂が雄岳五一七メートルで、南方（大阪府南河内郡太子町）の山頂が雌岳四七四メートルである。二つの山頂が対となり、美しい山容を成している。雄岳山頂には楠木《くすのき》正成《まさしげ》によって築かれた二上山城跡があり、葛木二上神社もある。

二上山は古来、雄岳と雌岳の間に陽が沈む様子から、神聖な山岳として崇《あが》められてきた。『万葉集』には「ふたかみやま」と記されており、私は高校生の頃からその名前で覚えていた。後年、「山野辺の道」を歩く機会があり、桧原《ひばら》神社から正面に見える二上山を眺めながら、和歌「あしひきの　山のしづくに……」と静かに口ずさんでいた。その時、山野辺の道を逆方向から歩いてきた四十路くらいの婦人から声をかけられた。会話中に、「あの山は〝フタカミヤマ〟ですよね」と、二上山を指しながら確認のつもりで尋ねた。すると、この土地の人だという婦人は、

「いいえ、〝ニジョウザン〟ですよ」と返答した。
気になったので、帰ってから調べてみた。結果、かつて（近世まで）は大和言葉による読みで「ふたかみやま」と呼ばれていたが、今は「ニジョウザン」と呼んでいることが判《わか》った。

二上山に関して詠《うた》った万葉和歌の一つに、次の歌がある。

うつそみの　ひとなるわれや　あすよりは　ふたかみやまを　いもせとわがみむ
（現代訳）「現世の人である私は、明日から二上山をわが弟の君であると見て偲ぶだろう」

これは、大津皇子《おおつのみこ》の遺体が二上山に葬られる時、姉の大伯皇女《おおくのひめみこ》が哀しみ悼んで詠んだ和歌の一つである。
天武天皇を父に、天智《てんじ》天皇の長女・大田皇女《おおたのひめみこ》を母にもつ、悲運の皇子・大津皇子は、都から遠く離れたこの二上山に葬られたと『万葉集』は伝えている。真意は分からないが、かつて、太陽の沈む西には死者の世界があったと信じられていた。現在、雄岳の山頂付近には「大津皇子　二上山墓」と呼ばれ、皇子の墓とされる場所があり宮内庁が管理している。

ほかにも、

磯の上に　生《お》ふる馬酔木《あしび》を　手折《たを》らめど　見すべき君が　在りと言はなくに

大坂《おほさか》を　我が越え来れば　二上に　黄葉《もみちば》流る　しぐれ降りつつ

二上に　隠らふ月の　惜しけども　妹《いも》が手本《たもと》を　離《か》るるこのころ

あしひきの　山のしづくに　妹待つと　わが立ち濡れし　山のしづくに

などの和歌が詠まれている。前記にある「二上」は、いずれも「ふたかみ」と詠む。

梅花藻《ばいかも》

滋賀県米原市の醒ヶ井《さめがい》駅から、歩いて十分ほどの所に清流の地蔵川が流れている。醒ヶ井は江戸時代には中山道の六十一番目の宿場町として栄えた町で、地蔵川沿いには今も古い民家が建ち並び、美しい風景を保っている。例えば、当時の大名が利用していた施設は、現在に至るまで大切に保存・復元され今に伝えているのである。

地蔵川には流域約五〇〇メートルにわたって梅花藻が群生していて、六月中旬から八月下旬にかけて、その「バイカモ」という名前の美しい水中花が咲く。梅の花に似た白くて小さい花を咲かせることから、「梅花藻」の名がつけられた。見頃を迎える七月下旬から八月下旬には毎年、この花を目当てに多くの観光客が訪れるという。

関西に転勤になっていた平成十七年（二〇〇五年）八月上旬に訪ねてみた。真夏とはいえ、川面を渡るそよ風は心地よく、清流に咲く梅花藻の花の聞きしに勝る美しさに感動した。

〈梅花藻を観ながら地蔵川沿いをゆっくり歩きつつ詠める短歌〉二〇〇五年八月吉日

梅花藻や　清き流れの　水の中　揺れ咲く姿　乙女に似たり

清流の流れの中に群生し、水中や水面に咲く白くて可憐《かれん》な直径一センチほどの花は「清流の妖精」とも呼ばれる。

梅花藻はキンポウゲ科キンポウゲ属の多年生淡水植物で、水温十四度前後の冷涼で流れのある清流でしか育たない貴重な水草（藻類）である。静水では育たず、水槽などの溜め水での生育も困難だといわれている。清流でなければ育たないため、梅花藻が育つ川は「きれいな川」の指標にもなる。葉は濃い緑色で細く裂け、糸状の裂片となり水中で束になって、茎の節から根を出して生えている。

なお、水中にある茎葉の先のやわらかな部分は食用にもなっている。ぬめりやアクがなく、さわやかなシャキシャキした歯ごたえが楽しめるので、おひたしや酢の物にするほか、酢味噌和《すみそあ》え、サラダとしても食されるという。

地蔵川に沿って上流に行くと、「加茂神社」があった。境内の脇にある石垣の下から「居醒《いさめ》の清水」という地蔵川の源水が湧き出ていた。この名水は『古事記』や『日本書紀』にも登場しており、日本武尊《やまとたけるのみこと》が熱病に罹《かか》った時、身体の毒を洗い流した霊水という伝説もある。

なお、「居醒の清水」は、「平成の名水百選」にも選ばれた。

梅花藻は主に、北海道から近畿地方にかけて群生しているといわれており、有名な名所として次の十か所が挙げられる。

北海道（二選）：北海道恵庭市＝「さいわい公園」、「恵み野中央公園」
近畿地方（三選）：滋賀県米原市醒ヶ井＝「地蔵川」
兵庫県美方郡新温泉町栃谷・田君川＝「バイカモ公園」
兵庫県神崎郡神河町＝「ＪＲ播但《ばんたん》線新野《にいの》駅付近の用水路」
その他（五選）：福井県越前市上真柄町＝「治佐川《ちさがわ》」
静岡県三島市＝「三島梅花藻の里」

山梨県都留市＝「長慶寺」
福島県郡山市湖南町中野地区＝「清水川」
宮城県白石市＝「白石城《しろいしじょう》周辺」

ライチョウ

夏の北アルプスを登山したことがある。通称「表銀座」と呼ばれるコース、燕岳《つばくろだけ》から奥穂高までを四泊五日で縦走するというものだった。

初日は信濃大町から中房《なかぶさ》温泉を経由して燕岳へ登り、テントを張って泊まった。二日目は槍ヶ岳まで歩いて、槍ヶ岳の下にテントを張って寝た。二日目は天気に恵まれ、朝早くから快晴無風で絶好の登山日和だった。

槍ヶ岳までの尾根歩きは三六〇度の展望が開けており、近くの槍ヶ岳や穂高連峰は言うまでもなく、遠く富士山まで望むことができた。

また足元を見ると、這松《はいまつ》が登山道のすぐそばまで茂っていて、濃い青葉の下にはチョコチョコ動き回るライチョウの姿を見ることができた。めったに見ることのできないライチョウ、しかも子ども連れの姿に出会えて感動した。

朝焼けの　槍ヶ岳《やり》をめざしつ　歩く尾根　遠望に富士山《ふじ》　足元は雷鳥《とり》

槍ヶ岳から北穂高を経て奥穂高に至るまでの間には、表銀座最大の難所といわれる「大キレット」がある。大キレットは岩山の南側壁を切り開いて作った登山道で、道幅が狭く、岩壁の反対側は深い谷になっている。キスリング（登山用ザック）が岩壁に当たると危険なので、場所によっては岩肌に手を添えて横向きになりながら、歩幅を小さくして進んだ。槍ヶ岳から奥穂高に至る間には這松は見当たらず、ライチョウの姿を見ることもなかった。いや、大キレットを通過するのは難コースなので、わき見をする余裕などなかった、というのが正確かもしれない。

ライチョウは北半球北部に分布し、日本では本州中部の北アルプス、中央アルプス、南アルプスに分散して生息している。なお、世界中で日本の生息地がライチョウ生息の南限といわれている。

平成十七年（二〇〇五年）の調査によると、日本国内では約三〇〇〇羽程度が生息していると推定されており、国の特別天然記念物で、絶滅危惧種に指定されている。

成鳥の大きさは、全長約三十七センチ、翼開長は約五十九センチほどである。夏は褐色、冬は白と、季節によって羽毛の色が変化する特徴を持っている。日本では標高二五〇〇メートル以上の高山帯の岩場や這松の茂みなどを隠れ家とし、這松は巣作りの場所・食物としても利用されている。

登山者の増加に伴い、登山道周辺の這松が踏み荒らされ、それに伴いライチョウの生息数も減少している。地球温暖化が進む中、絶滅危惧種に指定されている貴重な鳥・ライチョウの保護は、如何《いか》にすればよいのだろう。

いや、これはライチョウの保護だけの問題ではなく、自然保護など地球全体の問題として早急に取り組むべき課題だと思う。

二子《ふたこ》の渡し

多摩川の渡しは、上流の青梅《おうめ》から下流の羽田付近まで三十九か所の渡し場があった。しかし、橋が出来たことなどにより次々と廃止され、昭和四十八年（一九七三年）に稲田堤近くの「菅《すげ》の渡し」の廃止を最後に消滅した。渡し場があった跡には多くの場合、記念碑があるので、その場に立つと渡船を利用して多摩川を渡っていた当時を偲ぶことができる。

上流域には「沢井の渡し」、「軍畑《いくさばた》の渡し」があり、下流域には「羽田の渡し」、「大師の渡し」があった。

●六郷の渡し

川に橋を架けるということは、近代以前では大変難しくて、主な街道の渡河地点でも橋がなく、交通の多くは渡し舟によっていた。東海道が多摩川を渡る六郷でも、慶長五年（一六〇〇年）に徳川家康によって六郷大橋が架けられるまでは渡し舟であった。

六郷大橋が架けられた後も洪水によって何回も流れ去り、一時期仮橋の時代もあったが、渡し舟が主で、明治七年（一八七四年）まで六郷の渡しとしての橋のない状態が続いた。

渡船業は当初、江戸の町人が請け負っていたが、宝永六年（一七〇九年）三月から川崎宿が請け負うことになり、それによる渡船収入が宿の財政を大きく支えていた。

現在は、川崎側に渡船跡の碑と、「明治天皇六郷渡御碑」が建ち、欄干には渡船のモニュメントがある。

●二子の渡し

二子の渡しは、二子（神奈川側）と瀬田（東京側）を結ぶ旧大山街道の渡しであり、はっきりしないが、元禄年間（一六八八～一七〇四年）からあったといわれている。江戸時代には大山詣りの参拝客などで賑《にぎ》わい、また相模地方の産物を江戸に送る流通経路としても重用されていた。

一方で、渡し場の権利を巡り川崎側と東京側で争いが絶えなかったという。「渡し業」の所有権は、上丸子の所有、二子と瀬田の共有など、時代とともに動いていたらしい。船には主に人を乗せる「徒歩船」と、牛馬を乗せる「馬船」の二種があった。

大正十二年（一九二三年）の関東大震災の際、東京からの避難民が大山街道を通ったことがきっかけとなり、二子橋の架設運動が活発化し、大正十四年（一九二五年）に二子橋が完成した。同時に「二子の渡し」は廃止された。

その後、平成二十三年（二〇一一年）十月二十九日、「二子の渡し」の歴史を学び体験することを目的に、一日限定で復活した。以降、毎年一回、一日限定で渡しを体験できるイベントを開催していた（二〇二〇年まで）。現在はこのイベントは行われていない。

●二子の渡しの跡

田園都市線二子玉川《ふたこたまがわ》駅の近く、多摩川の少し陸側に旧堤防が残っており、一部分切れ込み（陸閘《りっこう》）が二か所ある。玉川東陸閘と玉川西陸閘の二つである。

東陸閘を通って一〇〇メートルほど行くと、右側の多摩川沿いに「二子の渡し跡」の碑が建っている。世田谷区瀬田の住まいから歩いて五分少々なので、多摩川沿いを散歩する際など時々覗いて、古《いにしえ》を偲んだりしている。晴れた日の夕暮れ時には、多摩川越しに見える富士山のシルエットが何とも素晴らしい。

和歌・短歌に和む

僕は、幼少の頃から運動好きの活発な少年だったが、中学生になった頃から和歌・短歌にも興味を持つようになった。英語は短いスペルの単語でもなかなか覚えることができないのに、和歌や短歌はなぜだか比較的簡単に覚えることができた。美しい詩歌を五七調のリズムにのせて詠むのが好きで、心も和んだからだろうか。特に美しい景色や恋心を詠んだものは、吸い込まれるように三、四回口ずさむだけで諳《そらん》ずることができた。

例えば、

忍ぶれど　色に出にけり　わが恋は　ものや思ふと　人の問ふまで

恋すてふ　わが名は未だき　立ちにけり　人知れずこそ　思ひそめしか

あしびきの　山鳥の尾の　しだり尾の　長々し夜を　ひとりかも寝む

三番目の和歌など、若輩で意味も十分には理解せぬまま苦もなく覚えた。しかし一方で、「あしびきの」は、「山」にかかる枕詞《まくらことば》であることも知った。

また、若山牧水の短歌、

多摩川の　砂にタンポポ　咲くころは　われにもおもふ　人のあれかし

も同じ頃覚えた。

世田谷に移り住んだ数日後、多摩川縁《べり》を散歩していて、この短歌の歌碑が、多摩川の中《なか》洲《す》（兵庫島）にあるのを偶然に見つけた。今でもウォーキングの途中に時々立ち寄り、刻まれている歌詞を口ずさみながら、覚えたての当時を懐かしんでいる。

田園都市線の用賀駅から砧《きぬた》公園内にある世田谷美術館へ向かう途中に、「用賀プロムナード〝いらか道〟」という名の洒落《しゃれ》た遊歩道がある。

煉瓦畳《れんがだたみ》の風情豊かな路面には、七、八メートル置きに平瓦を十枚前後敷き詰めた所が一〇〇か所あり、各場所の瓦の上には『小倉百人一首』に収載された和歌が一首ずつ刻まれている。和歌の各々《おのおの》には『小倉百人一首』の番号、詠み人名、本文が記されている。用賀駅前を出発点とする歩道には、1番、天智天皇の、

秋の田の　かりほの庵《いほ》の　苫《とま》をあらみ　わが衣手《ころもで》は　露にぬれつつ

から、46番、曾禰好忠《そねよしただ》の、

由良《ゆら》の門《と》を　渡る舟人　かぢを絶え　行方《ゆくへ》も知らぬ　恋のみちかな

までの和歌が刻まれている。
引き続く「いらか道」には、47番、恵慶法師の、

八重むぐら　しげれる宿の　さびしきに　人こそ見えぬ　秋は来にけり

から、１００番、順徳院の、

ももしきや　古き軒端の　しのぶにも　なほあまりある　昔なりけり

まで。

ちなみに、１番の「秋の田の……」は『百人一首』の巻頭の歌として名高いが、実は天智天皇の作ではない。詠み人知らずの歌を、撰者の藤原定家が皇統の始祖・天智帝の歌として冒頭にもってきたといわれている。

僕はこの近くで時々テニスをしているが、この「いらか道」を通るたびに必ず立ち止まって、足元に刻まれている和歌を口ずさみながら楽しんでいる。

日本ワイン　あれこれ

●日本におけるワイン造りの草創期（草創期の日本ワイン）

秋の味覚の代表的な果物のひとつであるブドウ。日本では生食が圧倒的に多く（九割近く）、ワインやブドウジュース、お菓子などの加工品として用いられるのは一割程度に過ぎなかった。

日本におけるワイン造りの歴史は浅く、その始まりは今から約一四〇年前の明治初期のことである。「日本ワイン」とは、日本国内で栽培されたブドウを一〇〇パーセント原料として使用し、日本国内で醸造されるワインのこと。

その「日本ワイン」の一四〇年にわたる歴史において重要な地位を占めるのが、山梨県甲州市と茨城県牛久市である。甲州市は地元のブドウ農家との共存繁栄をはかり、広大なブドウ畑と新旧三十ものワイナリーを誕生させるに至った。一方、牛久市の「牛久シャトー」は、ブドウ栽培から醸造までの一貫した工程を構築し、大規模な醸造体制を確立した。

明治の文明開化期、国営では果たせなかったワイン醸造を、それぞれの地域の特性を生かして民間の力で成し遂げたのである。切磋琢磨《せっさたくま》して日本のワイン文化の広まりに貢献した二つの町に息づく歴史を知れば、日本ワインの味わいもより深くなるだろう。

明治の初め、日本の近代化が急速に進むなか、政府主導のもとに官営のワイン醸造が始まった。江戸時代からブドウの産地として知られていた山梨県は、まさにその先駆けであった。

明治十年（一八七七年）、祝村（現在の山梨県甲州市勝沼町）に日本初の民間ワイン醸造所「大日本山梨葡萄酒《ぶどうしゅ》会社（通称：祝村葡萄酒醸造会社）」（現在のメルシャン（株）の母体）が設立される。そして同年、日本産ワインの製造の夢を抱く土屋龍憲（当時十九歳）は、同志の高野正誠《まさなり》と共にフランスへ渡った。およそ一年半後、帰国した土屋らは本場で学んだブドウの栽培法と醸造技術を駆使し、日本固有種の甲州ブドウでの本格ワイン醸造を始めたのである。

フランス行きを後押ししてくれた明治政府の期待に応えるべく、明治十二年（一八七九年）、土屋らは念願の国産ワインを完成させる。のちに高野家の蔵から見つかった未開封のワイン二本は「最古の日本ワイン」とされ、土屋らの夢と情熱が詰まった結晶として大切に保管されている。

　こうして第一歩を刻んだ日本のワイン造りだが、技術面の不足や日本人がワインに馴染《なじ》みがなかったことなどが原因で、十年を待たずして会社は解散。と同時に政府主導のワイン造りも頓挫した。

　土屋は会社で一緒に醸造を手掛けていた宮崎光太郎と共に、一八八九年（明治二十二年）東京に「甲斐産商店」を開くが、翌年には宮崎に譲り、個人で醸造を続ける。

　そこにワイン醸造を志す多くの若者が集まった。そのうちの一人が新潟県北方村出身の川上善兵衛である。善兵衛は明治二十三年（一八九〇年）、地元新潟県に「岩の原葡萄園」を設立し、「マスカット・ベーリーA」などのブドウ品種を生み出している。

　日本独自の甲州ブドウと、善兵衛が生んだ日本独自の優良品種であるマスカット・ベーリーAは、最も醸造量が多い品種として君臨している。

●甘味ワインから本格ワインへ

　明治中期の日本人の多くは、初期の国産ワインよりも甘味なワインを好んでいた。

　当時、実は甘味ワインを東京で製造・販売している人物がいた。「神谷バー」の創業者・

神谷傳兵衛《でんべえ》である。甘味ワインは大人気を博すも、傳兵衛は満足せず、このワインの醸造を一大産業にするという夢を持っていた。

そこで、現在の牛久市にあたる茨城県稲敷郡の約一一九ヘクタールもの原野を開墾し、ブドウの苗木六〇〇〇本を移植したのである。そして明治三十六年（一九〇三年）、二年の歳月をかけて「牛久醸造場（現・牛久シャトー）」が完成した。フランス（ボルドー地区）の最新様式を採り入れた本格的な醸造場であった。

甘味葡萄酒として広く知れ渡ったのは、明治四十年（一九〇七年）に鳥井信治郎が発売し、大ヒットした「赤玉ポートワイン」である。

一方の甲州市では大正元年（一九一二年）、宮崎光太郎が自宅にワイナリー「宮光園」を開設し、醸造場の見学、ブドウやワインの飲食や購入ができるスタイルを確立した。光太郎は地元のブドウ農家との共存繁栄を図り、勝沼を一大ワイン産地へと押し上げた。このため、勝沼には地元農家や組合が営む中小のワイナリーが次々と生まれ、今に至っている。

甘味ワインが広まったのち、日本にも徐々に本来の渋みのある本格ワインが浸透していく。昭和九年（一九三四年）には、「寿屋」（現在のサントリー）と川上善兵衛が共同出資して「株式会社寿葡萄園」を設立している。さらに昭和五十年（一九七五年）頃からは本格ワインへと需要が移り、今に至っている。

明治初期から約一四〇年の歴史を経た現在、日本ワインは世界のどこに出しても高い評価を得るようになった。

山梨大学は生命環境学部・地域食物科学科に「ワイン科学特別コース」を設けている。この特別コースでは、ブドウやワインに関する高度な専門知識に加え、実践的な技術力を備えたワイン製造の技術者・研究者を育成している。

山梨大学における研究の成果は、ワイン醸造企業からも注目されており、成長著しい「日本ワイン」のさらなる発展に大きく貢献している。

●日本のワイナリー

日本のワイナリーは合計四一三場あり、全国各地に点在している。ワイナリーが多数ある上位三地域（山梨県、長野県、北海道）で、全国のワイナリー数の四十八・四パーセントを占めている（注：令和三年一月一日現在の製造免許場数および製造免許者数である）。

日本のワイン造りにおいて、最も長い歴史と伝統を誇る山梨県は、ブドウの仕込み量もワイナリーの数も日本一である。一九六二年に誕生した「マンズワイン勝沼ワイナリー」は、山梨県内で最大の生産量を誇り、マンズワイン製品の大部分がここで製造されている。

◇「日本ワイナリーアワード評議会」が、平成三十年（二〇一八年）に五つ星に選んだ10のワイナリー

・サントリー登美の丘ワイナリー（山梨県）（一〇〇年以上の歴史を持つ、日本を代表するワイナリー）

・シャトー・メルシャン（山梨県）（キリングループのワイン部門で、日本ワインでしか表現できない個性を追求している）

・中央葡萄酒「グレイスワイナリー」（山梨県）（日本ワインを海外に広めた先駆者で、海外でも高く評価されている）

・ダイヤモンド酒造「シャンテワイン」（山梨県）（勝沼葡萄にこだわり、重厚な地酒的ワ

インを造っている）
・丸藤葡萄酒「ルバイヤート」（山梨県）（明治二十三年（一八九〇年）創業の老舗ワイナリー。ぶどう栽培から醸造まで試行錯誤を繰り返しながら、精力的にチャレンジしている）
・酒井ワイナリー「バーダップワイン」（山形県）（明治創業の老舗ワイナリーで、無ろ過・無清澄・無殺菌の昔ながらの造りを大事にしている）
・タケダワイナリー（山形県）（大正九年（一九二〇年）開園のワイナリーで、「良いワインは良い葡萄から」をモットーに土づくりからこだわりを持っている。日本で最初にスパークリングワインを造ったといわれている）
・小布施ワイナリー「ドメイヌ　ソガ」（長野県）（一〇〇パーセント自社農場のぶどうにこだわった小規模ワイナリー。インターネット販売もせず、マスコミの取材も断っている）
・KIDOワイナリー「城戸ワイナリー」（長野県）（平成十六年（二〇〇四年）秋に創業した家族三人で営業している小さなワイナリー。高品質なメルローやシャルドネ、ピノ・ロワールなどを自社畑で栽培している）

・ドメーヌ・タカヒコ（北海道）（小布施ワイナリーの次男、曽我貴彦氏が北海道で開設したワイナリー。葡萄品種はピノ・ロワールのみで、ブルゴーニュのドメーヌと同じ形態）

ドイツ旅行とワイン文化研究会

昭和五十四年（一九七九年）六月から七月にかけて、西ドイツを中心とした約三週間の旅に出かけた。

自分で計画した一人旅で、しかも初めての海外旅行だったので出発する前は多少の不安もあった。だが実際に行ってみると、宿も決めていない自由なぶらり旅は充実し、楽しいものだった。

初日はフランクフルトに泊まり、翌日はマインツからライン河下りに乗船し、デッキで船上の旅を満喫した。

ライン河はスイスアルプスのトーマ湖を主源泉の一つとし、ドイツ最南部のボーデン湖を経てほぼ南北に流れ、オランダで北海に注ぐ。ただし、フランクフルト近郊、マインツの少し上流では、マイン川がライン河に合流し、ライン河は左にほぼ直角に曲がり東西に流れを変えている。また、マイン川の合流によって水量も増し、いわゆる「父なるライン」の名に相応《ふさわ》しい大河となっている。

この周辺には、ドイツワインの産地として有名なラインガウのぶどう畑が広がっている。畑はライン河北側の河岸段丘斜面にあるので、川面に反射した太陽の恩恵を受けて糖度の高い良質のぶどうを栽培することができるのである。

美しいぶどう畑に見惚れてしばらく眺めていると、船内から「リューデスハイム、間もなくリューデスハイム」というアナウンスが流れてきた。

リューデスハイムは「ラインの真珠」と称されるほど美しく小さな町だが、ライン河とぶどう畑の絶景に加え、ラインワインの生産地として有名である。

全長わずか一五〇メートルほどの路地を入ると、両側にはワイン酒場が軒を連ねる「つぐみ横丁」がある。この横丁には世界中からワイン好きがやって来て、毎晩飲みはしゃぐので、通称「酔っ払い横丁」とか「世界一陽気な小路」と呼ばれている。

僕も「つぐみ横丁」で、同席した他国の観光客と一緒に楽しく飲んだことがある。

この旅行は以後、ボン、ケルン、ハイデルベルク、ミュンヘンなどの西ドイツを巡った後、オランダのアムステルダム、オーストリアのザルツブルク、ウイーンへ行き、最後にベルリン（東ベルリンも）にも足を延ばして帰国した。

帰国して最初に出勤した当日のことである。話があると言って同僚二人に声をかけられた。その場で、

「ワイン文化研究会を立ち上げたので、今年の文化祭に参加することになった。講師には君の名前を書いて申請したのでよろしく頼む」と、いきなり言われた。

寝耳に水の話で、しかも講師とは驚いた。しかし、すでに届け出が済み決済も下りているのでは仕方ない。やるしかない、と腹をくくって引き受けることにした。

にわか仕立ての「ワイン文化研究会」のメンバー四人で話し合い、今年は〈ドイツワイン編〉と題して実施することにした。話を聞いていると、今回の件はどう見ても僕のドイツ旅行と無関係ではなさそうだった。幸いなことに、僕はドイツワインについて興味があり、少々の知識はあった。だが、人前で話をするとなると、にわか仕込みでも良いから多少なりとも勉強する必要に迫られた。

文化祭は、毎年十一月末日の休館日に行うのが恒例となっており、ワイン文化研究会の講演は当日の昼休みに行うことにした。講演会と銘打っていても、実態は試飲会を中心に据えることに決めた。

講演は初めの二十分ほどとし、ドイツワインの歴史や生産地域（ラインガウ、ラインヘッセン、モーゼル、バーデンなど十三地域）、原料となるぶどうの品種などについて話をした。

その後の試飲会では、フランスパンやチーズなどの簡単なつまみ類を用意し、数種類のドイツワインを聴講者に試飲してもらった。

初めての試みだったが、この会は上々の評判だった。以後、フランスワイン編、カリフォルニアワイン編、イタリアワイン編など十数年も続くことになる。

なお、当時流行り始めだった日本の地酒（久保田、越乃寒梅等の純米酒）を、「ライスワイン」として位置づけ、「日本酒編」と称して実施した年もあった。

二回目以降の講師は、ワインの取り寄せに協力してくれた業者の専門家に依頼した。

特に人気が高かったのはボージョレーヌーボー編だった。空輸した十五リットル入りの樽《たる》を二樽（ボトル換算で約四十本）用意した。講師も同じ業者の専門家に依頼したので、ワインは美味しくワインに関する説明も簡明だった。

この日に飲んだワイン樽の一つは、今も我が家のベランダで植木鉢の台として活躍している。

II　ドイツを旅して

アンナ・アマーリア図書館とドイツ古典主義中央図書館（ワイマール）

●ワイマールとゲーテ

ワイマールは、神聖ローマ帝国時代にはザクセン＝ワイマール公国の首都であった。市街地の中心部にあるワイマール国民劇場は、ゲーテやシラーが自作のオリジナル演劇を上演した歴史的遺構である。また、一九一九年に憲法制定会議が行われたのも、このワイマール国民劇場だった。この国民劇場で制定された憲法を「ワイマール憲法」、この憲法に基づいたドイツ共和国を「ワイマール共和国」（一九一九～一九三三）と呼ぶ。

国民劇場前の広場にはゲーテとシラーが同じ台座の上に並び立つ銅像があり、広場は市民の憩いの場になっているようだ。私が訪ねた時にも、この台座の基壇（三段）部分には多くの若者たちが腰を下ろして和やかに語らっていた。

ワイマールは人口約六万五〇〇〇人の小都市だが、一九九九年には欧州文化首都に選ばれている。市内には他にも、リスト音楽学校の正面に建つ馬に乗ったリストの銅像、ヴィーラントやヘルダーの記念像、ドイツ古典主義中央図書館などがある。

市内を散策すると、かつてワイマールがドイツ古典文化の中心であったことを彷彿《ほうふつ》させると同時に、欧州文化首都の名に相応しい都市だということを再認識できた。

文豪として有名なゲーテは、ザクセン＝ワイマール公国の宰相としても仕えた。彼がフランクフルトから最初にワイマールに移住したのは一七七六年（二十七歳）で、ワイマール公国から与えられたイルム公園内に建つ可愛らしいガーデンハウス（Goethes Gartenhaus）に五年間住んだ。その後、一七八二年に市街地のゲーテハウスに引っ越し、一八三二年までの五十年間をワイマールで過ごした。かの有名な著書『ファウスト』を書き上げた翌年（一八三二年三月）、この自宅で息を引き取った（享年八十二歳）。

●ドイツ古典主義中央図書館

ワイマールには「ドイツ古典主義中央図書館」がある。この図書館の前身は、「アンナ・アマーリア図書館」で、「緑の館」と呼ばれたルネサンス様式の城館をアンナ・アマーリア公爵夫人が改築し、一七六六年に図書館として開館させた。

宮殿のように美しいロココ様式のホールは楕円形《だえんけい》で吹き抜けになっており、天井には天使のような絵が描かれ、館内には彫刻等の美術品が展示されている。

世界一美しい図書館といわれるこの図書館は、ドイツで最初の公共図書館であり、ユネスコの世界文化遺産にも登録されている。また、十七世紀に造られた有名な螺旋《らせん》階段は、近郊のオスターブルク（Osterburg）から持ってきたもので、階段の支柱は高さが十六メートルもある一本の樫《かし》の木の幹から彫り出されており、芸術的な素晴らしさは称賛の的になっている。

この図書館は、ヨーロッパ十五か国に現存する四十九の歴史ある図書館を紹介した『ヨーロッパの歴史的図書館』（Winfried Löschburg著、宮原啓子・山本三代子訳）でも紹介されている。

●ドイツ古典主義中央図書館とゲーテ

ゲーテは一七九七年にこの図書館の指導監督（館長）を引き受けて以来、世を去るまでその職を続けた。その間、貴重な蔵書を収集したばかりでなく、秩序を重んじ、信頼のおける管理に努めた。

この図書館の貴重書としては、ミンネゼンガー（中世ドイツ語圏の恋愛歌曲や抒情詩などに関する資料）と、マイスタージンガーの写本、ワイマールのコーデックス『貧者の聖典』、十五世紀のドイツ地図などがある。さらには、古典時代の全集の初版本も所蔵している。

また、世界最大規模の「ファウスト文庫」および、一五八七年作『ファウスト博士の物語』以後のファウストに関する一万一〇〇〇冊を超す蔵書がある。

このドイツ古典主義中央図書館の建物とロココ様式の広間を見るために、世界中から多くの見学者が訪れているという。ワイマールはドイツ旅行の中でも最も訪ねたかった都市の一つだったので、今回（一九九三年七月七日〜八日）実現することができて大いに満足した。

ザンクト・ガレンの修道院と図書館〈一九九六年九月六日訪問〉

ザンクト・ガレンはスイスの北東部に位置するザンクト・ガレン州の州都であり、スイス東部の中心都市である。七世紀初め（六一二年頃）に修道士の聖ガルスがシュタイナッハ川の岸辺に小さな小屋を建てて伝道を始めた。約一世紀後の七一九年に小屋を修道院へと改め、街と修道院を聖ガルスにちなんで「ザンクト・ガレン」と名付けた。

修道院付属図書館（七二〇年創設）は、七世紀から八世紀に修道士たちが書き残した写本や稀覯本《きこうぼん》を数多く収蔵している。また、中世の図書館としては世界最大級で、キリスト教の神学研究の拠点として知られてきた。

ヨーロッパの歴史的図書館を紹介した本でこの図書館を知り、一九九六年の初秋（九月六日）、リヒテンシュタインからボーデン湖に行く途中に立ち寄った。

図書館は一七五五年から一七六七年にかけて、同じ敷地内にある大聖堂と共に壮麗な独自のボーデンゼー・バロック建築に改築された。建築材は主に、地元のローズやオリーブの木を使い、床はオークとパインで見事な象嵌《ぞうがん》が施されている。

図書館の入り口上部にはギリシャ語で「魂の病院」と記されたプレートが掲げられている。中世では教養がないことは一種の病気だと考えられていたので、図書館はそれを癒やす場所という意味で名付けられたものだという。何と奥深いネーミングだろう。

図書館に入館する際には、入り口で大きなフェルトのスリッパを履くことになっている。靴を履いたままスリッパを履くので、滑るように歩かねばならず、初めのうちは移動しにくかった。しかしながら、このスリッパを履くことによって床を傷つけず、磨く効果もある。さらに、音も立てず、埃《ほこり》も起こさず、この動作が床の象嵌を美しく保つ秘訣《ひけつ》にもなっているとは、まさしく一石二鳥、いや一石三鳥である。

床から天井へと続く柱は本棚に、柱（本棚）の間はすべて窓になっていて、十分な採光が取れるようになっている。照明のない時代にデザインを損なわず、実用性も考えられた設計に大いに驚き、ただただ感心した。

また、一階の窓辺には折り畳み式デスクがあり、使うときだけ天板を持ち上げる仕組みになっていた。スペースを取らないで済む利点があり、使わないときには見事に装飾された天板の象嵌を見ることもできる。

圧巻の空気感を放つ図書館だが、内部は幅約十メートル、奥行き約二十九メートル、高さ約七・五メートルとコンパクトである。それでも、建築様式と内部の彫刻や家具などが一体となった最高級の芸術作品であり、壮大さを生み出している。


収蔵本の中でも、九世紀後半の『フォルヒャルト詩編集』と『金色の詩編集』は、「カロリング朝ルネサンス」で最も美しい写本といわれている。『フォルヒャルト詩編集』は八六四年から八七二年の間に書かれ、一五〇の飾り文字で装飾されている。

貴重な本は、毎年テーマを決めてガラスケースに展示している。訪れた日は、五線譜の元になったといわれる本（約一〇〇〇年前）が展示されていた。印刷術が発明される前で、すべて羊皮紙に手で描かれているものだった。貴重品の入った陳列棚に訪問者は目を奪われ、立ち尽くしてしまう。

他にも、古地図や九世紀中頃に出来た最初の蔵書目録など、貴重な資料を豊富に収蔵している。

この図書館の約二〇〇〇冊の写本と十八万冊以上の図書は、利用されることにその意義を見いだしている。国内外の学者たちは蔵書の解明と分類に力を注ぎ、また出版物や展示会によって図書館の学問的宝庫へ近づく道が開かれてゆくのである。今では、スイス最古で最大の文献を誇る図書館となっている。

バロック建築の傑作といわれる大聖堂や教会、バロック調の美しい広間を持つ付属図書館と貴重な蔵書が評価され、ザンクト・ガレン修道院と付属図書館は、一九八三年にユネスコの世界遺産に登録された。

なお、修道院は八二〇年にはビールの醸造を行っていた記録があり、「世界最古のビール醸造所」といわれている。

ミュンヘン国際児童図書館とエンデの墓

ミュンヘン国際児童図書館（ＩＪＢ）は、ミュンヘンの街中から少し外れた所にある。十五世紀に建てられた狩の館「ブルーテンブルク城」の内部を改造して図書館にしたものである。この城は尼僧が使用していた時期もあったが、ＩＪＢの設立に際し改修された。周辺は樹木も多く、ＩＪＢのそばにある池では水鳥が泳いでいる自然公園のような環境である。老人や子連れの人にとっては格好の散歩コースになっているようで、私が訪れた日（一九九六年九月十一日）も、子ども連れでのんびり散歩している数組の家族を見かけた。

図書館の中庭の下は、地下書庫になっており、四十万冊が収蔵可能という。案内してもらった職員の話では、あまり利用されない資料は、近隣の農家に預けているとのことだった。職員数は三十五人、多種言語の本を所蔵しているので、十か国から児童書専門司書が集まっている。

一九四九年に設立された同館は、〝子どもの本を通じた国際理解〟という設立の理念に基づき、ドイツ連邦外務省の援助を受けている。それにより、各国からの奨学金研究生の受け入れや、難民の子ども向けプログラムにも力を入れている。

館内には、有名な児童文学作家のミヒャエル・エンデとエーリッヒ・ケストナーの部屋があった。両部屋を案内してもらう中で、国立国会図書館の「国際子ども図書館」についても話題になった。

「日本の児童書、特に読みものが英語やドイツ語に翻訳されることは非常に少ない。これからは翻訳出版が盛んになり、日本の児童書が世界の多くの人に読まれることを期待している」

さらには、「ＩＪＢでは、日本の国際子ども図書館の充実に大きな期待を寄せている」とも言われた。国立国会図書館の職員の一人として、「期待に応えねば」と思いながら聞いていた。

ミュンヘンでは、一年ほど前に亡くなったエンデの墓参りをしたいと思っていたので、見学を終えて退館する際にエンデの墓の場所を尋ねた。墓は、「ヴァルトフリートホーフ（森林霊園）」にあり、地下鉄で行くことができると教えてもらった。

翌日、エンデの墓参りに行った。最寄りの駅まで地下鉄で行き、墓地の入り口の案内図を見て、エンデの墓の位置を確認した。広くて静かな森林霊園内を案内図に従ってゆっくりと歩いて行くと、間もなくお墓に到着した。

エンデは一九九五年八月二十八日に亡くなり、遺言に従って土葬された。

墓は、大きな本を開いた形をしており、鮮やかなブルーの青銅製の墓碑だった。大小二冊の本を組み合わせる形で構成されていて、フクロウやカタツムリの彫像も添えられている。大きな本には『自由の牢獄』の一節が記されており、もう一方は『モモ』に登場する亀のカシオペイア。亀の背中には〝HABE KEINE ANGST〟(恐れるな)と記してあった。私は持参した真紅のバラを供えて深く一礼した。

なお、訪れたのは、埋葬されてからわずか一年後のことだったので、青銅製の墓碑でも未だ鮮やかなブルーを保っていた。

ドナウ川の水源

南ドイツのバーデン地方に位置するシュヴァルツヴァルト（黒い森）は、南北約一六〇キロに拡がる広大な森である。この森は、ドナウ川やネッカー川など多くの川の水源を有している。

ドイツ最南端に位置し、オーストリア、スイスとの国境にあるボーデン湖に浮かぶ小さな島、マイナウ島（別名「花の島」）を見物した後、ドナウエッシンゲンを目指して車を走らせた。

途中で道に迷ってしまい、車から降りて地図で確認していると、通りかかった車からブロンドの若い女性が降りてきた。そして、

「どちらへ行きたいのですか?」と、丁寧なドイツ語で声をかけてきた。

「ドナウエッシンゲンへ行きたいのですが、迷ってしまって……」と答えたら、

「私も同じ方向に行きますから案内します」と言って、ドナウエッシンゲンの町の入り口まで先導してくれた。

私は、親切に案内してくれた若い美女にお礼を言い、別れの挨拶をした。彼女の車がフライブルクの方に向かったのを見て、「フライブルク大学の学生かな?」と思いながら見送っていた。

ドナウエッシンゲンは、シュヴァルツヴァルトとスイスのジュラ山脈の間にある小さな町である。ドナウ川は、このドナウエッシンゲンの町の名をとって付けられた。

町中にある城公園と聖ヨハン教会の間に、ドナウ川の水源のひとつである「ドナウの泉」があった。この水源から少し郊外へ行った所で、ブリガッハ川とブレーク川が合流しており、そこにドナウ川の標識が掲げられていた。つまり、ドナウ川の名称は、この合流地点で初めてその名が生まれるのである。

ところが、ブリガッハ川の源泉は「ドナウの泉」であり、ブレーク川の源泉は合流点から四十八キロ遡ったフルトヴァンゲン(時計博物館で有名な町)郊外の小高い所にある。

ドナウ川の源泉については論争が絶えないというので、ブレーク川の源泉にも行ってみた。源泉は、フルトヴァンゲンの町中から坂道を車で十分ほど登った丘陵の頂上近く(標高一一五〇メートル）にあった。

源泉の傍らにある大きな石には「ドナウ源泉、ドナウ川の主たる源流ブレーク川、ここより湧き出る」と記された銘板がはめ込まれていた。

この銘板を見て、ドナウ川の主たる水源は、ブレーク川の源泉に軍配を上げて良いように思った。

ナチスドイツの強制収容所

●収容所の建設・投獄および囚人殺害など

一九三三年から一九四五年にかけて、ナチスドイツは約二万か所の収容所を開設し、数百万人の犠牲者を投獄した。その中には、強制労働収容所、一時的な中継地点としての通過収容所に加えて、大量殺戮《さつりく》を目的とした絶滅収容所が含まれていた。

一九三三年に政権を握ったナチスは数々の拘留施設を建設し、いわゆる「国家の敵」を投獄して殺害した。

初期強制収容所の囚人のほとんどは、ドイツの共産主義者、社会主義者、社会民主主義者、ロマ族（ジプシー）、同性愛者、エホバの証人のほか、「反社会的」と告発された人々だった。施設は収容者が物理的に一か所に強制的に集められていたことから、「強制収容所」と呼ばれた。

●ダッハウ強制収容所

ダッハウ強制収容所は一九三三年三月二十二日に創設され、オラニエンブルク強制収容所と並んで最も古い強制収容所であり、のちに建設された多くの強制収容所のモデルになった。

ナチス政権が誕生したのは同年の一月三十日であるので、政権を取ってわずか二か月足らずで強制収容所を造ったのである。

建設当時は五〇〇〇人収容を目的として造られたが、一九三七年には収容人数が大幅に超えたため、一九三八年に収容者自身の手によって増築拡張された。資料によると、一九三三年から一九四五年の間に二十万六〇〇〇人以上の収容者数が記録されている。

●ユダヤ人の逮捕・大量殺戮等

一九三八年三月のオーストリア併合後、ナチスはドイツ系およびオーストリア系ユダヤ人を逮捕して、ダッハウ、ブーヘンヴァルト、ザクセンハウゼンの各強制収容所に投獄した。

さらに、一九三八年十一月の「水晶の夜」と呼ばれる集団的な破壊行動の後、ナチスは短期間でユダヤ人の成人男性を大量に逮捕し、収容所に投獄した。

一九三九年九月にドイツ軍がポーランドに侵攻した後、ナチスは当地にも強制収容所を開設した。そこでは数千人の囚人が疲労、飢え、病気により死亡した。第二次世界大戦中、強制収容所の体制は急速に拡大し、一部の収容所では、ナチスの医師たちによる囚人に対する人体実験が行われていた。

一九四一年六月のソ連侵攻後、ナチスは戦争捕虜収容所を増やす必要があり、アウシュヴィッツなどの既存の強制収容所に新しく複数の収容施設を建てた。また、ルブリン（ポーランド）の収容所は、一九四一年の秋に戦争捕虜収容所として建設されたが、一九四三年には強制収容所となっている。何千人ものソ連軍戦争捕虜の射殺や、ガス室での殺害がここで行われたのである。

●大量殺戮を加速

ドイツの侵略戦争の拡大に伴い、占領下におけるユダヤ人の逮捕・収容者も増加の一途をたどった。結果、「最終的解決」（ユダヤ人のジェノサイドまたは大量殺戮）を促進するために、ナチスはユダヤ人の人口が最も多いポーランドに絶滅収容所を建設した。

郵便はがき

料金受取人払郵便

新宿局承認

2524

差出有効期間
2025年3月
31日まで
（切手不要）

160-8791

141

東京都新宿区新宿1－10－1

(株)文芸社

愛読者カード係 行

ふりがな お名前			明治 大正 昭和 平成 年生
ふりがな ご住所	□□□-□□□□		性別 男・女
お電話 番号	（書籍ご注文の際に必要です）	ご職業	
E-mail			

ご購読雑誌（複数可）	ご購読新聞 新

最近読んでおもしろかった本や今後、とりあげてほしいテーマをお教えください。

ご自分の研究成果や経験、お考え等を出版してみたいというお気持ちはありますか。

ある　　ない　　内容・テーマ（

現在完成した作品をお持ちですか。

ある　　ない　　ジャンル・原稿量（

名				
買上 店	都道 府県	市区 郡	書店名	書店
			ご購入日	年　月　日

書をどこでお知りになりましたか?

1.書店店頭　2.知人にすすめられて　3.インターネット(サイト名　　　　)

4.DMハガキ　5.広告、記事を見て(新聞、雑誌名　　　　)

の質問に関連して、ご購入の決め手となったのは?

1.タイトル　2.著者　3.内容　4.カバーデザイン　5.帯

その他ご自由にお書きください。

(　　　　)

書についてのご意見、ご感想をお聞かせください。

内容について

カバー、タイトル、帯について

弊社Webサイトからもご意見、ご感想をお寄せいただけます。

協力ありがとうございました。

寄せいただいたご意見、ご感想は新聞広告等で匿名にて使わせていただくことがあります。

客様の個人情報は、小社からの連絡のみに使用します。社外に提供することは一切ありません。

書籍のご注文は、お近くの書店または、ブックサービス(0120-29-9625)、セブンネットショッピング(http://7net.omni7.jp/)にお申し込み下さい。

最初の絶滅収容所であるヘウムノ収容所は一九四一年十二月に開設され、そこではユダヤ人とロマ族がガストラックで殺害された。

一九四二年、ナチスは総督府のユダヤ人を組織的に殺害するために、ベウジェツ、ソビボル、トレブリンカ絶滅収容所を開設した。ここでは、殺害の効率を高め、その作業を執行者個人に関わりのないものにするために、ガス室を建設したのである。ガス室では、ガストラックに比べ一度に大量人数を確実に殺害できた。

アウシュヴィッツ収容所の一部であるビルケナウ絶滅収容所には、四つのガス室が備えられていた。収容所への移送者数が最も多い時期には、毎日六〇〇〇人ものユダヤ人がガス室に送られていた。

なお、ナチス占領下の土地のユダヤ人は多くの場合、ポーランドの絶滅収容所に送られる途中に、オランダのヴェステルボルクやフランスのドランシーなどの通過収容所にまず移送された。通過収容所は通常、絶滅収容所に移送される前の最後の立ち寄り地点となっていた。

数百万人もの人々がさまざまなナチス収容所に投獄され、虐待を受けた。ナチ親衛隊の管理の下、ドイツ軍とその協力者は、絶滅収容所だけで三〇〇万人以上のユダヤ人を殺害した。ナチス収容所に投獄された人々のうち、生き残ったのはほんのわずかである。

●強制収容所の解放

大規模なナチス収容所に初めて遭遇したのはソ連軍で、彼らは一九四四年七月、ポーランドのルブリン近郊にあったマイダネク強制収容所を発見した。ドイツ軍は、収容所を取り壊して大量殺戮の証拠を隠そうとした。しかし、囚人の死体焼却に使用していた巨大な火葬場には火をつけたが、慌てていたためガス室はそのまま残っていた。

一九四四年夏、ソ連軍はベルジェツ、ソビボル、トレブリンカ絶滅収容所も制圧した。しかし、ドイツ軍は一九四三年、これらの収容所をすでに解体していた。つまり、すでにポーランドのほとんどのユダヤ人が殺害された後だったのである。

一九四五年一月には、最大の絶滅強制収容所であったアウシュヴィッツを解放した。しかしこの時は、ナチスがアウシュヴィッツの囚人の大部分を西へ向かう「死の行進」に就かせた後のことで、収容所内にはわずか数千人の衰弱した囚人しか残っていなかった。

ただし、アウシュヴィッツには大量殺戮の証拠が無数にあった。ドイツ軍は撤退の際に、収容所内のほとんどの倉庫を破壊したが、残った倉庫からは犠牲者の遺品が多数見つかった。例えば、数十万着の紳士用スーツ、八十万着以上の婦人服、六〇〇〇キログラム以上の人間の毛髪などである。

その後の数か月間にわたり、ソ連軍はバルト海沿岸諸国とポーランドの収容所を解放した。ドイツ降伏の少し前に、ソ連軍はシュトゥットホーフ、ザクセンハウゼン、ラーフェンスブリュックの収容所を解放した。

米軍は一九四五年四月十一日、ドイツのワイマール近くにあるブーヘンヴァルト強制収容所を解放した。これはナチスが収容所の撤収を開始した数日後のことであった。米軍が解放したブーヘンヴァルトの囚人は二万人以上に及んだ。

解放が行われた日、囚人たちによるレジスタンス地下組織はブーヘンヴァルトの実権を握り、撤退していく収容所護衛兵による残虐行為を防止した。

米軍はさらに、ドーラ・ミッテルバウ、フロッセンビュルク、ダッハウ、マウトハウゼンの強制収容所も解放した。

ダッハウ強制収容所は最も古い収容所であり、アウシュヴィッツ強制収容所に次いで有名である。三十以上の国々から二十万人が送り込まれ、そのうちの三分の一近くがユダヤ人だった。約三万二〇〇〇人が収容所内で殺害され、あるいは病気、栄養失調、自殺により死亡している。

◇米軍日系人部隊とダッハウ強制収容所

「ダッハウ強制収容所」は、一九四五年四月二十九日に米国第七軍第四十二歩兵師団によって解放されたと言われていたが、より正確に言えば、解放したのは米軍の中の「日系人部隊」だったのである。

日系人部隊は、米国で敵性外国人として市民権を奪われ、家族を米国の強制収容所に残したまま米国陸軍に志願した日系二世たちの部隊である。

日系人部隊は常に最前線で弾除けとして扱われるなど、「差別的な処遇」を受けていた。しかし、国家への忠誠心を示すため、不平も一切口にしなかった。そしてドイツの降伏間近に、日系人部隊の「第四四二連隊戦闘団」所属の「第五二二野戦砲兵大隊」が、ドイツとの戦闘の末、ダッハウ強制収容所を発見し解放したのである。

ナチスのユダヤ人差別を批判して戦闘した米軍は、米国内にも日本人強制収容所が存在し、「日系人部隊」という差別部隊があることを隠蔽するために、別の部隊がダッハウ強制収容所を解放したことにしたのである。

日系人部隊の隊員は、戦後も三世や四世たちがアメリカ社会に溶け込むことを最優先に考えて、過去については口を閉ざしてきた。

この事実が公にされたのは、戦後四十五年以上も経った一九九一年（ジョージ・H・W・ブッシュ政権下）のことであった。

（＊筆者は一九九六年九月十二日、ダッハウ強制収容所跡を見学した）


英国軍は、ノイエンガンメやベルゲン・ベルゼンをはじめとするドイツ北部の強制収容所を解放している。

英国軍がツェレ近くにあるベルゲン・ベルゼン強制収容所に立ち入ったのは、一九四五年四月中旬である。ここではチフスの蔓延《まんえん》でほとんどの人が重体だったが、約六万人の囚人が生き残っていた。しかし、このうち一万人以上が解放後、数週間のうちに栄養失調や病気で死亡した。

収容所の解放にあたった連合国軍は、死体の山が埋葬されずに残されていたナチスの言語に絶する収容所の光景を目のあたりにした。ナチス収容所が解放されて初めて、その惨事の全貌が世界に伝わったのである。

生き残ったわずかな囚人たちは、過酷な労働と食糧不足に加えて、数か月から数年にわたる虐待により、骨と皮の状態になっていた。彼らの多くはあまりにも衰弱がひどくて、ほとんど動くことさえできなかったのだ。

また、伝染病の危険は絶えず存在しており、多くの収容所は蔓延を防ぐために焼却しなければならなかった。収容所の生存者たちは、長く困難な回復への道に直面したのである。

ナチスのユダヤ人絶滅政策と上位者への「服従」～「アイヒマン的思考」と訣別《けつべつ》するために～

第二次世界大戦中、ドイツ軍の親衛隊隊員アドルフ・アイヒマンは、ユダヤ人を「絶滅収容所」に移送し続けた。

そして戦後の一九六〇年になって、逃亡先のアルゼンチンからイスラエルに連行されると、翌一九六一年四月十一日、エルサレム地方裁判所で「アイヒマン裁判」が始まった。

しかしアイヒマンは、戦前から戦中において自らが行った行動を正当化する、自己弁護の発言を繰り返した。「自分はただ上位者の命令に従っただけだ」と。

しかし、裁判が終盤にさしかかった頃、主任検察官のハウスナーから、

「あなたは自分がユダヤ人殺害の共犯者だと認めますか？」

と問われると、アイヒマンは、

「人としては有罪です。移送を組織したのは私の罪ですから」と答えた。

一九六一年十二月十一日、アイヒマンは十五項目の罪状のすべてにおいて有罪を宣告され、十二月十五日にはイスラエルの歴史を通じてただ一例の「死刑」を宣告された。彼は

十二月十七日、判決を不服として上告したが、イスラエル最高裁判所は、翌一九六二年五月二十九日に上告を棄却した。

アイヒマンは最後の望みとして、イスラエルのイツハク・ベン＝ズウィ大統領に恩赦の請願書を送付したが、五月三十一日に却下され、死刑が確定した。

この裁判を通して、「権限」と「命令」、「命令」と「服従」の違いや、両者の関係などの論争も起こった。

法律によって、「抗命権」が認められている。

一九五五年十一月十二日に設立されたドイツ連邦軍の組織内の行動規範を定めた「軍人法」（一九五六年四月一日制定）および「軍刑法」（一九五七年三月三十日制定）の内容は以下のとおりである。

①軍人法第11条1項

「ドイツ連邦軍の各軍人は、全力をもって完全に、忠実かつ遅滞なく上官の命令を実施しなければならない」と規定している。しかし、その忠実な遂行が、

「自身および第三者の人間の尊厳を侵害する命令」や「国内法および国際刑法により犯罪となる命令」、そして「(ドイツ連邦軍としての)職務上の目的のために下されたものではない命令」である場合は、上位者の命令に「従わない」態度を選んでも、不服従の罪には問われない。と明記されている。

②また、軍刑法第5条では、

「軍人が命令に服従したことによって違法行為を犯した場合」や「違法行為であることを本人が理解した上で、そのような命令に服従した場合」、当該軍人は有罪になる、と定められている。

③さらに、軍人法第11条2項にも、

「命令は、それによって犯罪が行われるであろう場合には、服従してはならない」

と規定されている。

●「抗命権」が認められた事例

命令に従わなくてもよいことを「抗命権」と呼ぶが、実際にその権利が認められた事例がある。

〈命令への服従を拒絶した行為を合法的行為と認定した〉（ライプツィヒの連邦行政裁判所第二軍務法廷、二〇〇五年六月二十一日判決）

この判決は、ドイツ軍人法第11条の「抗命権」が、決して「絵に描いた餅」ではないことを内外に知らしめる結果となった。

このような組織の倫理規範は、再びアイヒマンや彼と同様に第二次世界大戦中の非人道的行為に加担したドイツ人が出現しないように定められた「安全装置」である。

●現代ドイツにおける「ヒトラー暗殺を計画した者への評価」

第二次世界大戦の戦前や戦中にヒトラーの暗殺を企てた軍人や市民が、敗戦直後のドイツ国内ですぐに肯定的に評価されることはなかった。

シュタウフェンベルクらの反ヒトラー派軍人によるヒトラー暗殺の計画と実行が「勇気ある行動」と称賛されるようになったのは、一九五〇年代以降のことである。一九五二年には、西ドイツの検事フリッツ・バウアーが、第二次世界大戦末期にヒトラー暗殺と反ナチ政権のクーデターを企てた首謀者たちの「名誉回復」を行っている。

現在では、ドイツ連邦軍の兵舎や街中の通りの名に、シュタウフェンベルクやフリードリヒ・オルブリヒト、トレスコウら、ヒトラー暗殺計画に関わった軍人の名が付けられている。

一九四四年七月二十日にシュタウフェンベルクらが決起した「ヒトラー爆殺とクーデター未遂事件（七月二十日事件）」から、ちょうど七十五年目に当たる二〇一九年七月二十日、駐日ドイツ大使館は公式アカウントで次のような投稿を行った。

「ドイツ外務省内には、この事件やその他の形でナチス支配に対抗し処刑された外務省職員と、これまでに殉職した職員の名前を記し、追悼した壁があります。彼らは勇気と責任感を持つ模範であり、今日まで、そしてこれからの職務の指針となるべく、その壁はあえて建物内の職員の目につく場所にあります」

また同じ日、ベルリンのドイツ抵抗博物館でも、ヒトラーとナチスに抵抗した人々の追悼式典が行われ、アンゲラ・メルケル首相（当時）は「抵抗者」を讃《たた》えるスピーチを行った。

「ナチ党の政権に抵抗し続けた勇気ある人たち。私たちは、彼らに敬意を表し、信念を主張する勇気を持ち、目を背けず声を上げ、人類共通の価値を守り続けねばなりません」と。

●ヘーゲルの名言を思いながら

ドイツの哲学者ヘーゲル（ゲオルク・ヴィルヘルム・フリードリヒ・ヘーゲル）の名言に、

「我々が歴史から学ぶことは、人間は決して歴史から学ばないということである」

という名言がある。

しかし、前述したドイツの「軍人法」および「軍刑法」に基づく「抗命権」は、第二次世界大戦中の非人道的行為が二度と行われないように定められたものであり、人間が歴史から学んだ一例と言っていいだろう。

一方では現在も、ロシアはナチスのロシア侵攻を批判しながら、ナチスと同じことをウクライナに対して繰り返している。また、イスラエルとエルサレムのガザ地区、ミャンマー、アフガニスタンなどのように、世界各地で紛争が絶えることはない。

わが国に眼を向けても恥ずかしい限りである。日本は太平洋戦争の反省として、大日本帝国憲法を全面的に改正し、新しく「日本国憲法」を制定した（一九四六年十一月三日公布、一九四七年五月三日施行)。

にもかかわらず、政府(自由民主党)はその憲法を改正しようとしている。前文および第九条に規定されている「戦争放棄と軍隊・戦力の不保持」を改正(改悪)することは、すなわち、太平洋戦争の反省を否定することであり、戦争(歴史)から何も学ばないことである。

それが実現すると、偉大な哲学者ヘーゲルの名言どおりとなる。

しかし、戦争は誰も幸せにしない。皆が不幸になる。太平洋戦争から学んで制定した日本国憲法の「戦争放棄と軍隊・戦力の不保持」に関する規定は、現代に生きる知恵ある人として厳守しなければならない規定である。

我々は、ヘーゲルが生きた時代(一七七〇年八月二十七日～一八三一年十一月十四日)と全く同じ人間であってはならない。歴史から学ぶべきことは、しっかり学ばねばならないのである。

ハイデルベルク大学と学生牢

ハイデルベルク大学の正式名称は、「ルプレヒト・カール大学ハイデルベルク」である。バーデン＝ヴュテンベルク州にある総合大学で、一三八六年創立のドイツ最古の大学である。神聖ローマ帝国内では、プラハ・カレル大学、ウィーン大学に次ぐ歴史がある。大学は街全体に広がり、大学街を形成している。伝統的な学生酒場である「赤い雄牛」亭、学生寮なども観光地として知られている。また、戯曲『アルト・ハイデルベルク』の舞台となった大学としても有名である。

旧大学校舎の裏通り「アウグスティーナー・ガッセ」には、「学生牢」があり、当時のまま保存されている。大学構内を散策した後、学生牢を訪れた時はすでに夕暮れ近くになっていた。

学生牢が実際に使われていたのは、一七一二年から一九一四年までの約二〇〇年間だという。当時、ハイデルベルクの町は、大学の構内の一部ということで治外法権だった。したがって、学生がいろいろ問題を起こしても警察は介入できず、大学当局が自ら学生を処罰し、学生牢に投獄したのである。投獄された学生は、授業を受けることもでき、授業を終えたら再び学生牢に戻されることになっていた。

処罰されたのは、深夜に町の人の迷惑を顧みずドンチャン騒ぎをしたり、酒場で小競り合いをして椅子やテーブルを壊した学生。時には、警察官にたてついた勇ましい学生もいたという。ともかく、学生牢に入れられることは名誉なこととされ、当時の学生は、一度は牢に入りたいと考えたという。

牢に入った記念として学生たちは、壁面に自分の似顔絵を描き、名前を書き残している。壁にスペースがなくなったのだろうか、落書きは天井にまでびっしり埋め尽くされていた。中には、三銃士の言葉「一人は皆の為に……」と記されたものもあった。投獄された学生たちによる落書きの部屋「学生牢」は、一見アートな感さえする小部屋に観えた。

落書きを鑑賞し終わって写真を撮ろうとした時、背後から〝グウッ〟と呻《うめ》くような声が聞こえた。声がした方を振り向くと、真っ黒で大きなドーベルマンが私を睨《にら》んでいた。怖くなって必死に逃げたら、ドーベルマンに追いかけられ薄暗い行き止まりに追い詰められてしまった。万事休す！　大きな口で噛《か》み殺されるかと思ったが、持っていたバッグを両手で胸の前に構えた防御姿勢で、神の助けを祈った。

と、その時、二階の窓からお婆さんが犬に大きな声で、〝やめなさい！〟と叫んだ。すると、ドーベルマンはゆっくりとした足取りで学生牢の方に戻って行った。犬に注意したお婆さんは学生牢の管理人で、犬の飼い主でもあったのだ。

助かった……、犬が去って行ったのを見て、私は安堵《あんど》し大きな溜息《ためいき》をついたのだった。

言うまでもないが、「写真を撮りに、もう一度学生牢に行こう」など考えも及ばず、一刻も早く大学構内から出て行くことに必死だった。

ハイデルベルク城とワインの大樽（Das Grosse Fass）

ハイデルベルク城は、ドイツ連邦共和国の北西部（バーデン＝ヴュテンベルク州ハイデルベルク市）に遺《のこ》る城址である。ドイツで最も有名な城址の一つであり、ハイデルベルクの象徴的建造物となっている。

プファルツ選帝侯の居城であったこの城は、一六八九年のプファルツ継承戦争でルイ十四世の軍によって破壊され、四年後の一六九三年に一部のみが修復された。

この城址は、アルプスの北側で最も重要なルネサンス建築の遺構を含んでいる。ケーニヒスシュトゥール（王の椅子）という山の北斜面、ネッカー川の河原から約八十メートルの高さにあり、ハイデルベルク旧市街の風景の中心的な存在となっている。

プファルツ選帝侯ループレヒト三世が建設したループレヒト館は、ハイデルベルク城の現存する最も古い建物である。ループレヒト館の入り口の上には二人の天使の像が掲げられている。ループレヒト三世は、一四〇〇年にドイツ王ループレヒトとして戴冠し、この建物を主たる居館に定めた。

城址内には他にも、フリードリヒ館やオットー・ハインリヒ館、イギリス館などの館が遺っている。さらには、ディッカー塔、牢獄塔、城門塔（時計塔）、火薬塔、薬局塔などの塔が立っており、図書棟、婦人部屋棟、大樽棟などもある。大樽棟はこの建物内にある巨大な樽にちなんで名付けられた。

ハイデルベルクには、世界最大ともいわれるワインの大樽がある。現在残っているのは四代目であり、大樽には造られた時の選帝侯にちなんだ名前が付いている。

初　代（一五九一年）＝ヨハン・カジミール樽
二代目（一六六四年）＝カール・ルードヴィヒ樽
三代目（一七二八年）＝カール・フィリップ樽
四代目（一七五一年）＝カール・テオドール樽

初代のヨハン・カジミール樽の容量は、約十二万七〇〇〇リットルだったが、新しくなるにつれて大きくなり、現在のカール・テオドール樽は約二十二万リットルとなっている。初代の樽は、現在の樽のおよそ半分の大きさだったことになる。

ちなみに、二十二万リットルがどのくらいの容量なのかピンとこないかもしれないが、通常のワインボトル（七二〇ミリリットル）に換算すると、約三十万本に相当する量である。

この巨大なワイン樽を収納するために、一五八九年から一五九二年にかけて、ハイデルベルク城内に大樽棟が建設された。その大樽棟を造ったのは、初代の大樽の名前にもなっている「ヨハン・カジミール」である。彼はハイデルベルク城内に建つ、フリードリヒ館の壁に誇らしく飾られた歴代選帝侯の彫刻、の中の人物のひとりでもある。

また、この大樽（直径七メートル、長さ八・五メートル）の横には木製の階段が設置されており、階段を上って大樽の上に行くことができる。実際に上ってみると、樽の大きさがさらに実感でき、下にいる見物人たちが小さく見えた。見物人も大樽と一緒に写っている写真を見ると、その大きさは一目瞭然であった。

大樽の目の前には、かつて樽の番人をしていたという「ペルケオ」さんの立像がある。

彼はもともと宮廷道化師として連れてこられた人物で、お酒を飲むかと聞かれると「perche no?（もちろん）」と答えていたため、それが訛《なま》って「ペルケオ」と呼ばれるようになったといわれている。

なお、ペルケオさんが年老いて病気になった時、「医師に勧められて水を口にしたところ、命を落としてしまった」という逸話まである。

ブレーメンの市庁舎地下レストラン

ブレーメンは、ドイツ北部のヴェーザー川下流域に位置し、人口約五十六万人を擁する大都市で、ブレーメン州の州都である。中世期にはハンザ同盟都市として栄え、正式名称は「ハンザ都市ブレーメン」という。

旧市街の中心にあるマルクト広場の正面に建つのが、壮麗な市庁舎である。ゴシック様式とこの地方独特のヴェーザー・ルネサンス様式が見事に調和しており、ドイツでは最も重要な建築物の一つといわれている。

広場の中央には、ブレーメンの自由と市民権の象徴であるローラント像が立っており、市庁舎と共に世界遺産に登録されている。

市庁舎の地下はワインの貯蔵庫になっており、一六〇〇年代のものを含めて一〇〇〇万本ものワインを貯蔵しているという。中には、一六五三年産のリューデスハイムのワインなど貴重なワインもある。また、十二使徒にちなんで名付けられた十七～十八世紀の大きなワイン樽が十二個も並んでいる。

ドイツの市庁舎地下には、多くの場合、レストラン（Ratskeller）がある。

ブレーメン市庁舎の地下にある「ブレーマー・ラーツケラー」は、ドイツで一番有名な市庁舎地下レストランである。一四〇五年創業という歴史と、一二〇〇種という膨大なワインが貯蔵されていることで、市庁舎と共に観光名所の一つとなっている。

このレストランのことは旅行案内書等を見て知っていたので、二回目のドイツ旅行の時（一九八二年十月）、訪ねてみた。


レストラン内は巨大なワイン樽が並ぶ大ホールのほか、アーチ状の柱で囲まれた小部屋、エレガントな個室などいろんな部屋があり、重厚な雰囲気を醸し出している。また、大樽の前には木製の古風な食卓テーブルが配置されている。こうした歴史を感じさせる落ち着いた空間で、客は皆楽しく語らい、満足そうにワインを飲んでいる。

そんな中、私もワイン大樽前にある一つのテーブルに腰を落ち着けて、楽しくワインを味わっていた。ドイツワイン（白）をグラス二杯ほど飲んだ頃だったろうか、相席した元船員だという初老のドイツ人紳士が話しかけてきた。

〝ハイネもマルクスもこのケラー（Keller）でワインを飲んだんだよ〟と。テーブルを軽く叩《たた》きながら上機嫌で得意気に語った。

そしてワインを一口飲んだ後、引き続き、次のハイネの詩を朗々と詠じた。もちろんドイツ語で。

喜ばしきかな　男は港にたどりつき　海と暴風雨に別れたり
今し男はあたたかく　心しずかに坐りいぬ　ブレーメン
懐かしきラーツケラーに　（ハイネ「港」より）

このラーツケラーの雰囲気とワインが大いに気に入ったので、二年半後の一九八五年五月、再びこのレストランを訪れて楽しくドイツワインを飲むことになった。

グリム童話に出てくる「ブレーメンの辻音楽隊」の像は、市庁舎西側の壁近くにあった。銅製の像は、下から「ロバ、犬、猫、鶏」の順に組み体操のような姿（上に行くに従って小さくなる）を成している。観光客の人気も高いようで、ロバの脚はみんなに触られてピカピカ、ツルツルになっていた。

「哲学の道」ハイデルベルクと京都

●ハイデルベルクの「哲学の道」

ハイデルベルクは、ドイツ三大名城に数えられるハイデルベルク城を擁する古城の街で、ドイツの魅力が凝縮されたロマンあふれる古都である。ライン河の支流であるネッカー川と、街を取り囲む緑の山々、情緒豊かな古城と旧市街が織りなす風景は、素晴らしいの一言に尽きる。

ハイデルベルクの「哲学の道」は「哲学者の道」ともいわれる。「哲学者の道」は、ネッカー川を挟んでハイデルベルクの旧市街の反対側の山の中腹にある散歩道である。かつて、ゲーテやヘルダーリンをはじめ多くの哲学者や詩人が、思索にふけりながら歩いたという道である。

「哲学者の道」を歩くには、ハイデルベルクの象徴の一つである古い石橋＝カール・テオドール橋を渡って、近くのシュランゲン小道を通るルートが一般的だが、この小道は石畳で急な坂道なので歩きにくい。別のルートとして、旧市街からハウプト通りをビスマルク広場まで歩き、近くにあるテオドール・ホイス橋を渡った所から「哲学者の道」の西端に入るルートがある。こちらも最初は上り坂だが、それほど急ではなく、舗装されているので歩きやすい。

また、テオドール・ホイス橋から眺めるネッカー川と山々の美しい風景は、爽快な気分にしてくれる。

なお、「哲学者の道」の西端に入って最初の曲がり角には、ハイデルベルク大学物理学研究所があり、「哲学者の道」はネッカータール＝オーデンヴァルト自然公園の園域に含まれている。

「哲学者の道」をしばらく歩き住宅街を過ぎると、視界が開けて展望台のある庭園にたどり着く。ここから眺める対岸の古城を中心とした風景は、実に感動的だった。

私はしばしここに立ち止まり、京都にある「哲学の道」を思い浮かべていた。道脇を流れる琵琶湖の疎水と眼下を流れるネッカー川、疎水周辺の佇まいとハイデルベルクの旧市街。規模に違いはあるものの、古き時代の学者たちが思索にふけりながら散歩したという共通点がある。現在は多くの観光客が訪れ、静けさを欠くとはいえ。

いろいろ考えながらさらに歩を進めても、対岸の美しい風景は続いていた。

「哲学者の道」からの景色を楽しんだあとは、来た道を戻らず、シュランゲン小道を下ってカール・テオドール橋の前に出ることにした。

カール・テオドール橋近くまで来た所に視界が開けた場所があった。山を背景にして手前から、ネッカー川とカール・テオドール橋、その先に旧市街があり、一番奥には堂々たる古城が建つ。まさにこの上ない絶景を眺めることができた。

このような絶景を眺めながら思索にふけること以上の贅沢《ぜいたく》は何があろうか、と思いながらハイデルベルクの旧市街に戻った。

●京都の「哲学の道」

京都市左京区、東山の麓に琵琶湖疏水分線に沿って続く細い道がある。この道の途中、若王子橋から銀閣寺の西にある銀閣寺橋までの約一・五キロの散歩道を「哲学の道」と呼んでいる。

道幅は広くないが、沿道には多くの樹木が植わっている。疏水の山側は自然の森となっているが、対岸側には三〇〇本を超える桜並木がある。山側の緑の中に一軒の老舗和菓子屋があるのが眼に入った。入店したいと思わずにはおれないような雰囲気の良い店だった。

春は桜、初夏は樹々の新緑、秋は紅葉と、四季折々に景色が変わる自然の美しい所である。京都で最も人気のある散歩道として、訪れる人が多く、特に桜の季節や紅葉の時期には大勢の観光客で賑わう。花が散っても、散り桜が疎水に浮かび流れる花筏《はないかだ》もまた美しく優雅である。

「哲学の道」は、もともと明治二十三年（一八九〇年）に琵琶湖疎水が完成した際に、疎水を管理するための道路として設置された道である。当初は芝が植えられているだけの簡易な道であったが、しばらくすると周辺に文人が多く住むようになり、通行する人が増えていった。一時期「文人の道」と称されるようになったこともある。

その後、京都大学の西田幾多郎や田辺元《はじめ》などが好んで散策し、思案を巡らしたことから「哲学の小径」といわれたり、「散策の道」「思案の道」「疎水の小径」などと呼ばれた。

そして昭和四十七年（一九七二年）、地元住民が保存運動を進めるに際し、相談した結果「哲学の道」と決まり、その名前で親しまれるようになった。

同年には、砂利道の散策路として整備された。さらにその後、昭和五十三年（一九七八年）に廃止された市電の軌道敷石を利用して、歩行者が歩きやすいように敷石を並べ、現在に至っている。

なお、昭和六十二年（一九八七年）には、若王子橋から銀閣寺橋までの約一・五キロ区間（「哲学の道」）が、「日本の道100選」の一つに選ばれている。

「哲学の道」の桜は、近くに居を構えた日本画家の橋本関雪とその妻・よねが、大正十年（一九二一年）に京都市に三〇〇本の桜の苗木を寄贈したのに始まる。画家として大成した関雪が、三十八歳の時に「京都に対する報恩を考えた際」に、よね婦人が桜を植えてはどうかと発案し、臍繰《へそく》り金も含めて寄贈したという。

リヒテンシュタイン公国

ヨハンナ・シュピーリ（Johanna Spyri）の小説『アルプスの少女ハイジ』で有名なマイエンフェルドは、ライン河上流域の東側に位置するアルプスの麓の小さな村である。西方の谷間はライン河が流れており、その上方にはスイス・アルプスが連なっている。

グリンデルヴァルトからアルプスを越えてマイエンフェルドに到着。ガソリンを補給したスタンドで紹介された宿「ハイジの宿」（Heidihof）は、小高い斜面の一画にあった。案内された部屋は、二階の北側にある屋根裏部屋風の雰囲気をもった一室だった。

翌朝は早くからハイジの里を散策した。眼下には葡萄畑が点在し、西方の遥《はる》か彼方《かなた》にはオーバーアルプも望むことができた。ライン河の主たる源流は、このオーバーアルプの南方にあるトーマ湖（標高二三四五メートル）である。ライン河はここからボーデン湖を経て大河「父なるライン」となり、一三二〇キロ流れ下ってオランダ沖の北海に注いでいる。

マイエンフェルドの丘陵からの眺望を満喫した後、一路北方のリヒテンシュタインに向かってハンドルをきり、ゆっくりと走り出した。ほんのちょっと走ったら、気付かぬ間に入国していた。リヒテンシュタインは思っていたよりも近く、入国チェックもなかったからだろう。

リヒテンシュタイン公国（通称「リヒテンシュタイン」）は、中央ヨーロッパに位置する立憲君主国家であり、元首はリヒテンシュタイン家の当主である。家名が国名になっている世界で唯一の国である。リヒテンシュタインの誕生及び国名のいきさつは、概略すると以下のとおりである。

三十年戦争後の中部ヨーロッパはすっかり疲弊していた。そうした中で、オーストリア・ハプスブルク家の貴族であったリヒテンシュタイン侯は、シェーレンベルクとファドーツの地を手に入れた。それを機会に、神聖ローマ帝国皇帝のカール六世は二つの地を合体させ、リヒテンシュタイン家の名を付けた侯国領とすることを認めた（一七一九年一月二十三日）。すなわち、現在のリヒテンシュタイン侯国の誕生である。

なお、リヒテンシュタインの公用語はドイツ語であり、国名はFürstentum Liechtensteinと表記する。正しい訳語はリヒテンシュタイン侯国であるが、日本政府（外務省）は、リヒテンシュタイン家の当主が国家君主であることから、リヒテンシュタイン公国と表記している。

スイスとオーストリアに囲まれた小さな国で、バチカン市国、モナコ公国、サンマリノ共和国に次いでヨーロッパで四番目（世界では六番目）に小さい。国土は南北に二十五キロ、東西に六キロ、総面積は約一六〇キロ平米で、日本の小豆島とほぼ同じである。人口は約三万九〇〇〇人（二〇二〇年現在）。首都ファドゥーツの中央通りでも、長さはわずか四〇〇メートルほどしかない。

軍事力は持たず、一〇〇名ほどの国家警察を持つのみ。スイスと特別の関係があり、軍事と外交をスイスに委託している。通貨もスイスフランを使用しており、国境にはお互いの国旗がひらめくだけで、ゲートのようなものは設けていない。なお、日本の大使館は無く、在スイス日本大使館が兼務している。

国内の主要な交通は路線バスであり、郵便局の多くはバス停になっている。これは以前、バスで人と郵便物を運んでいたことのなごりでもある。

なお、オーストリア国鉄が運行する鉄道が東西に走っており、リヒテンシュタイン国内にも四つの駅がある。しかし、急行はいずれの駅にも停まらない。

切手で有名な国であり、マニアの切手購入が財政を支えているともいわれている。

ファドーツの中央通りに面して建つ「切手博物館」に入ってみた。展示作品の中には、切手の図柄と同じ絵を描き、その中に本物の切手も配したユニークな絵画がいくつも並べてあった。珍しく、また素晴らしい作品だと思ったので、そのうちの二点を購入した。しかし、現物は展示期間終了まで展示しておく必要があるため、当日持ち帰ることはできなかった。オリジナルはすべて一点のみで、複製品もないので仕方がないこと。代金は、帰国後に郵送された作品を受け取ってから、著作権者の口座に振り込むことになっていた。購入した「切手入り絵画」の作品は今も家の廊下に飾ってあり、当時を懐かしみながら観ている。

さらに、タックス・ヘイブンとしても知られている国で、税金免除を目的とした外国企業のペーパーカンパニーも集中している。これらの法人税が税収の約四十パーセントに及び、その結果、一般の国民には直接税（所得税、相続税、贈与税）がない。

首都ファドーツ近くの高さ約一二〇メートルの丘の上には、十二世紀に建てられたファドーツ城がある。現在、この城はリヒテンシュタイン大公の公邸になっている。中は公開されていないが、近くの尾根からは城とその周辺、および全体像を見渡すことができる。

一九八〇年にアメリカのレークプラシッドで開催された冬季オリンピックは、リヒテンシュタインのための大会だった、と言っても過言ではなかった。リヒテンシュタインは、オリンピックに出場したすべての国の中で、チャンピオン（金メダル獲得）を輩出した最も人口の少ない国である。

レークプラシッド五輪のアルペンスキー・大回転で金メダルを獲得したのは、リヒテンシュタインのハンニ・ヴェンツェル（Hanni Wenzel）だった。彼女はアルペンスキー最初の種目だったダウンヒル（滑降）で銀メダル、四日後に行われた大回転で優勝したのである。さらに、二日後に行われたアルペンスキー最後の種目であるスラロームでも金メダルを獲得し、国のメダル数を倍増させた。このことは、隣国のスキー大国オーストリア、スイスも顔色をなくすほどだった。

建国以来、初の金メダルをもたらした喜びは大きく、リヒテンシュタイン公家も国土を見下ろすファドーツ城に国旗と五輪旗を掲げ、その喜びを国民と分かち合ったという。

彼女の活躍により、世界中の多くの人が地図上でこの小さな国を探すようになったといわれている。私もその中のひとりで、翌年には『誰も書かなかった　リヒテンシュタイン』（大石昭爾著　一九八一年発行　サンケイ出版）まで購入するほど入れ込んだ。それが今回のリヒテンシュタイン訪問の遠因の一つにもなったのである。

Ⅲ　故郷を思いて

鮎《あゆ》釣りと洪水

毎年六月一日は「鮎釣りの解禁日」である。この日を待ちかねた全国の「鮎釣り愛好家」たちは、鮎が生息する各地の清流に一斉に出かける。

鮎は稚魚期を海で過ごし、初夏の頃になると川を遡って急流に棲《す》む。清流の川苔《かわごけ》・藻類を餌にしているので、塩焼きで食すると香りが良い。

鮎の漁獲方法としては、「友釣り」と簗漁《やなりょう》および投網が知られている。中でも多くの人に人気があり、親しまれているのが「友釣り」である。

「友釣り」とは、鮎の習性を利用した釣り方で、鮎掛鉤《あゆかけばり》を付けた釣り糸に生きの良い鮎を囮《おとり》として繋いで水中に放し、寄って来た他の鮎を、同じ釣り糸に仕掛けた別の鉤に引っかけて釣る方法である。鮎は動きが速いので、初心者には難しい漁獲方法だが、鮎釣りの愛好家にとっては最高の楽しみといわれている。

簗漁は川の瀬に簗を仕掛けて水を一か所に流すようにし、そこに流れてきた鮎を簗簀《やなす》に落とし入れて取る。この方法は、秋に産卵のため下流に下る鮎（落ち鮎）の漁獲に多く利用されている。なお、一般的に落ち鮎は大きく育っているのが多く、中には三十センチに及ぶ鮎もいる。ただ、食するには大きすぎるよりも、中程度（二十センチ前後）の鮎の方が香りも味も良い。

投網を打っている漁師も見かけるが、急流で川底に大きな石がゴロゴロしている所を好んで生息する鮎の漁獲には、投網はあまり向いていないようだ。

私の故郷（人吉市《ひとよし》）は、熊本県の最南部に位置する小さな盆地で、市内の真ん中を急流の球磨川《くまがわ》が東西に流れている。少し上流では大きな支流である柳瀬川が球磨川に注ぎ込んでおり、両河川ともに鮎の豊富に生息する清流として知られている。市の中心部には、さらに二つの支流が注いでいる。

平常は空気も澄み、山紫水明な自慢の故郷だが、大雨で球磨川が増水すると、支流の水は球磨川に流れ込めなくなり、周辺にあふれ出す。このように大雨が降るとすぐに増水し氾濫するため、清流球磨川は「暴れ川」との異名もある。

洪水は鮎の生息に大きな影響を及ぼす。洪水による水の濁りが長期化すると、鮎は減耗しやすくなる。洪水の際に川を下って海域に出た鮎は、濁りが長期化するとその川を忌避して近隣の川に遡上してしまうのである。

また、鮎の主な餌料は川底の石に付着している川苔などの藻類である。洪水によって破壊された川苔や藻類は、濁りが長期化すると回復が遅れるため、摂餌行動を阻害され、鮎の生息が危機に陥ってしまう。したがって、大洪水が起きるとその川の鮎は減耗し、鮎釣りの楽しみも失われてしまうのだ。

私が高校生の時に、人吉は三年連続で洪水に見舞われた。その時も翌年まで鮎が戻って来ず、鮎釣り師たちを大いに悩ませたことを覚えている。

その後しばらくは穏やかだった球磨川だが、令和二年（二〇二〇年）七月、死者二十人を超える大洪水を起こした。市街地中心部の大半が床上までの浸水被害に遭い、三年を経過した現在も避難生活を強いられている人たちがいる。もちろん、被災者の心身の健康回復が第一であるのは言うまでもない。

一方で、市内の至る所にある温泉の復活や、球磨川の清流と鮎の生息回復も願ってやまない。

焼酎考　球磨焼酎と相良《さがら》藩

●相良藩の石高と焼酎造り

私が生まれ育った人吉市は、九州山地南部の奥深くに位置している。江戸時代までは二万二〇〇〇石の小藩である相良藩（人吉藩）であった。地勢的にも正確な検地は困難だったのだろうか、実際の石高は五万石（一説では十万石）を超える田畑があったという。

相良藩の主な領地は、人吉盆地および球磨川の上流地域に広がっている。その主要な田畑は検地できたとしても、支流域にある山間部の多数の耕作地までは目が届かなかったのであろう。つまり、隠れた田畑が目の届く耕作地の二倍以上もあったということである。

では、残りの三万石近くはどのように利用されたのだろうか。大半はその米を利用して焼酎を醸造していたようだ。人吉球磨地方では、約五〇〇年前の室町時代から米焼酎造りが行われていた。藩主相良氏は当時、東南アジアや大陸と活発に交易をしており、蒸留技術が持ち込まれたことが焼酎造りのきっかけになったのではないかといわれている。秀吉の文禄・慶長の役（一五九二〜一五九八）に従軍した相良氏は、焼酎を造る朝鮮人技術者を捕虜として連れ帰っているのである。

人吉球磨地方の独自の文化が造り出した技は、約五〇〇年もの間、変わらず受け継がれ、現在も三十軒近くの蔵元が点在し、伝統の製法と多彩な味を守り続けている。我が家も昔は造り酒屋だったと聞いているが、その昔は大・小合わせると相当多数の焼酎醸造所があったと思われる。


この地方で造られる焼酎を「球磨焼酎」といい、昔も今も米を原料としている。酒造は、従来の方法を継承している酒造所もあるが、新しい方法を用いて焼酎独特の香り（匂い）を和らげている所が増えている。さらに最近では、スペインから大量のワイン樽を輸入して、その樽で寝かせたものや、温泉水を使って酒造している焼酎もある。

かつて、人吉で酒と言えば「焼酎」のことだった。否、今でも同様に「酒＝焼酎」だと思っている人が多い。

人吉球磨地方では、平成十二年（二〇〇〇年）頃までは球磨焼酎の消費量がビールの消費量よりも多かった。当時、帰省した折に旧友と一献やるときにビールを注文すると、必ず「ビールは酒じゃなか、焼酎にせろ！」と方言で厳しく言われていた。しかし最近では、ビールやワインを飲む人が増えてきているようで、特に同窓会の席などでは球磨焼酎には手を付けない人もいる。

数ある球磨焼酎の醸造所の中には、四〇〇年以上の歴史を誇る蔵元「鳥飼酒造《とりかい》」もある。鳥飼酒造は人吉市にある醸造所で、高級球磨焼酎の一つである「鳥飼」を造っていることで知られる。

●米焼酎のルーツ・浸透など

米焼酎を造る技術は琉球《りゅうきゅう》経由で九州にもたらされたと考えられる。

一四二〇年、琉球はタイ国との交易を始め、焼酎も輸入されるようになった。その後間もなく、琉球でも焼酎の製造が始められた。それが「泡盛」である。泡盛には今でもタイの米が使われているようだ。これが十六世紀の初頭に薩摩に伝わり、九州でも焼酎が造られるようになったと考えられる。

当時、相良藩の領地は広く、八代《やつしろ》まで含まれていたので、八代の港を通して明や琉球をはじめ、遠くは東シナ海周辺の国々とも交易をしていた。相良藩は、薩摩ルートとは別に独自のルートで泡盛の醸造技術および原料を知り得たと思われる。それによって球磨焼酎の原料には米が使用されることになったのではないだろうか。

焼酎（蒸留酒）がいつから飲まれていたのかについては、文献がほとんど残っておらず、正確なことは分かっていない。しかし、人吉・球磨では少なくとも戦国時代から焼酎が愛飲されていたと推測される。

「焼酎」という記述が残っている最古のものは、人吉・球磨に隣接する鹿児島県大口《おおくち》市（現・伊佐市大口）の郡山八幡《こおりやまはちまん》神社の改修工事中に発見された、木札に書かれた落書きである。

永正四年（一五〇七年）に再興されたとされる本殿は彫刻・彩色も見事で、国の重要文化財に指定されている。

昭和二十九年（一九五四年）に行われた改修工事で発見された宮大工の落書きには、

「永禄二歳八月十一日作次郎鶴田助太郎其時座主ハ大キナこすでをちやりて一度も焼酎を不被下候何共めいわくな事哉」

と記されていた。簡約すると、

「神社の座主が大変なケチで、焼酎を一度も振る舞ってくれなかった……」

ということである。

この落書きが書かれた永禄二年（一五五九年）八月十一日当時は、相良氏の最盛期（戦国時代）である。戦国時代には、すでに相良氏の領地に焼酎があり、庶民の楽しみとして広く浸透していたことがうかがえる。当時、サツマイモはまだ日本に渡来していなかったことを考えると、原料は米であったと思われる。

なお、鹿児島の「芋焼酎」の醸造が始まったのは、天明二年（一七八二年）のことである。

江戸時代（藩政）の明暦三年（一六五七年）に酒造株制度が開始され、焼酎醸造販売には「株」が必要になった。また、自家製の焼酎醸造も半ば公認だった。

相良藩では、醸造株は人吉城下やその近郷在住者に与えられていた。一方、城下以外の者には「入立茶屋」の名称で免状が与えられた。

「その昔、我が家も焼酎造りをしていた」と先に記したが、私が幼い頃から、近所の人たちが我が家を「チャヤ」と呼んでいたのを耳にしていた。これまで屋号が「茶屋」だったのだろうと推測していたが、いま考えると、庄屋だった我が家にも「入立茶屋」の免状が与えられていたのだろう。それで我が家は「茶屋」と呼ばれていたのだと思う。

幼少の頃からの疑問（皆は、なぜ我が家を「チャヤ」と呼ぶのか）が、やっと解けた。

●高まる焼酎人気

最近では焼酎の人気が高まり、愛飲家も増えているようだ。それに伴い高級な銘柄の焼酎も数多く醸造されるようになった。個人的には、焼酎に高級・有名は求めないのだが、以下に原材料別に全国的によく知られている銘柄を紹介する。

○有名な「日本酒の醸造所」が造る米焼酎

・「八海山」の蔵元である八海酒造が手掛ける本格焼酎、オーク樽貯蔵「風媒花」。

・プレミアム日本酒「十四代」を生んだ、山形県村山市の高木酒造が手掛ける高級米焼酎「十四代秘蔵乙焼酎」。

・世界的にも有名な日本酒「獺祭《だっさい》」で知られる旭酒造が手掛ける高級米焼酎「獺祭焼酎」。

○芋焼酎

・鹿児島県で醸造されているものがほとんどである（下記はすべて鹿児島県）。「森伊蔵」、「村尾」、「魔王」、「佐藤」、「伊佐美」、「天使の誘惑」、「なかむら」。

○麦焼酎
・多くは九州で醸造されている。
「百年の孤独」（宮崎県）、「兼八」（大分県）、「吉四六」（大分県）、「神々」（大分県）、「千年の眠り」（福岡県）。


焼酎は嗜好品《しこうひん》であり、嗜好品は高級・有名であれば良いわけではない。好みに合い、美味しく飲めるのが一番である。

ちなみに、私が普段飲んでいるのは前記のいずれでもない。かつては、郷里を敬って球磨焼酎を飲んでいたが、最近は芋焼酎を好むようになった。

私が生まれ育った家の南側出入り口からは、正面遥か遠方に霧島連峰の主峰「韓国岳《からくにだけ》」を望むことができる。韓国岳は擂鉢《すりばち》を伏せたような形状の美しい活火山である。毎朝、韓国岳を眺めながら歯磨きしていたのが懐かしい。

そのこととは全く関係はないのだが、最近はもっぱら鹿児島の芋焼酎「黒霧島」を飲んでいる。

海棠《かいどう》まつり

人吉市の西のはずれにある石水寺《せきすいじ》は、応永二十四年（一四一七年）に永国寺（人吉市）の開山僧である実底超真《じっていちょうしん》和尚《おしょう》の隠居寺として建立された曹洞《そうとう》宗の寺院である。巨石をくり抜いた丸い（おにぎり形）山門がある寺としてよく知られている。

境内に入るにはまず、門前を流れる馬氷川に架けられた眼鏡橋を渡り、長くて急な石段を上がり、石段の頂上にある山門をくぐって入る。

眼鏡橋は、嘉永《かえい》七年（一八五四年）に架橋された凝灰岩《ぎょうかいがん》の橋で、長さ二十一・四メートル、幅二・七メートル、高さ七・一メートルの大きさである。また、この寺では石版の版画『十六羅漢図』や『地獄十王図』の掛け軸などを所蔵し、本堂屋根裏を利用したスペースに展示しており、参観者は自由に閲覧することができる。

石水寺の境内には、開山記念に植樹されたと伝わる樹齢四〇〇年以上といわれる海棠がある。他にも約四十本の海棠が立ち並んでおり、四月上旬（桜が散った直後）になると海棠の花が一斉に咲き誇り、境内を濃いピンク色に染める。また、本堂裏手の山や、花々が咲き乱れる風景が四季折々に楽しめる寺でもある。

私は学齢前の一年間、この寺が運営する幼稚園に通っていた。海棠の花が満開になる四月上旬には毎年、境内の一画に舞台を設けて「海棠まつり」を開催していた。当日は例年、舞台で各種の催事が行われる一方、バザーなどの出店も多数開店し、大いに賑わっていた。出店には、ヘビ使いやガマの油売りなどの怪しげなものもあり、見物人の中には騙《だま》されて効能のない「缶入り薬」を買う人も見かけた。

海棠まつりは、私が小学生だった頃が最も盛んだったようだ。高校を卒業して上京した後も、海棠まつりは以前と同様に開催されているものと思っていた。しかし、樹齢四〇〇年以上といわれる海棠の古木が二十五年くらい前に倒れたため、祭りは一時途絶えていたとのこと。そして平成二十三年（二〇一一年）、地域活性化のために二十五年ぶりに復活させた「海棠まつり」には、市民をはじめ近隣の住民が大勢訪れ大賑わいだったそうだ。屋台や縁日の出店もかつてと同様に賑わい、ステージでは琴宏流琴翠会の演奏「バラが咲いた」が来訪客たちを楽しませていたという。

海棠は中国原産のバラ科リンゴ属の落葉小高木である。海棠の花が満開、ゆえに「バラが咲いた」を演奏したのであろうか。

桜が散り葉桜になるのを待ちかねたように、濃いピンク色の美しい花を咲かせる海棠を見ると心が癒やされる。さらに、眼鏡橋と山門をセットにして観る海棠の景観は見事で、被写体としても満点である。

なお、九州には石橋（眼鏡橋、単一石橋）が多く、全国の九割以上を占めている。特に熊本県に多いのは、江戸時代から石工の技術者集団、石橋造りのプロがいたのが一番の理由とされる。

ちなみに、嘉永七年（一八五四年）に建設された「通潤橋《つうじゅんきょう》」（熊本県益城郡《ましきぐん》小都町）は、令和五年（二〇二三年）九月二十五日に国宝に指定されている。石橋が国宝に指定されたのは全国で初めてのことである。

剣豪『丸目蔵人佐長恵《まるめくらんどのすけながよし》』（相良藩）

丸目蔵人佐長恵（一五四〇～一六二九）は、天文九年（一五四〇年）に当時は相良氏の領国内であった肥後国八代郡八代（熊本県八代市）に誕生した。兵法タイ捨流の創始者で相良藩（人吉藩）の剣術指南役を務めた剣豪である。

十五歳の時（弘治《こうじ》元年（一五五五年））、薩摩兵が大畑（熊本県人吉市大畑）に攻めてきた時に初陣で父と共に戦い、勝利に貢献した。その武功を称えて父と共に「丸目」の名字を与えられた。

その翌年から、肥後天草の領主である本渡城主・天草伊豆守の元で、二年間兵法の修行を行った。

永禄元年（一五五八年）に上洛《じょうらく》し、新陰流を創始した上泉《かみいずみ》伊勢守信綱《いせのかみのぶつな》に師事し兵法の修行に励んだ。三年の修行の後、伊勢守門下四天王に数えられるまでになった。

そして、室町幕府第十三代将軍の足利義輝の前で上泉が兵法を上覧した時、師の上泉の相手として打太刀を務め、義輝から「丸目の打ち太刀、天下の重宝」と褒められ、感状を受けている。

丸目蔵人はいったん帰郷し、相良氏の下で新陰流の指南役として従事することになる。

永禄九年（一五六六年）に弟子の丸目寿斎、丸目喜兵衛、木野九郎右衛門の三人を伴い、再び上洛した。しかし、師の上泉伊勢守は帰国中で会うことはできなかった。

そこで丸目蔵人は、愛宕山、誓願寺、清水寺で「兵法天下一」の高札を掲げて、諸国の武芸者や通行人に真剣勝負を挑んだ。しかし、誰一人として名乗り出る者はおらず、勝負することなく帰国した、という逸話もある。

翌年、「兵法天下一」の高札の件を知った上泉は、上泉伊勢守信綱の名で印可状（免許皆伝）を与えた。具体的には、「殺人刀太刀」と「活人剣太刀」の印可状を与えて、事実上の兵法天下一を認めたのである。

しかし、永禄十二年（一五六九年）の大口城の戦いに敗れ、丸目蔵人はその責任を負わされ重い処罰を受けたため、事実上、武将としての立身の夢は絶たれ、三年の間蟄居《ちっきょ》生活を送った。

その後、丸目蔵人は兵法修行に専心することになった。九州一円の他流の兵法を打ち破り、そのことを知った上泉より西国での新陰流の教授を任されている。

上泉が新たに工夫した太刀を学ぶために、弟子を伴い上洛するも、上泉はすでに死去しており、落胆し帰国した丸目蔵人は、昼夜を問わず鍛錬し続け、数年ののち、「タイ捨流」を開流したといわれている。タイ捨流は新陰流を研究しつくした後に考案した、新陰流崩しの新兵法である。

天正十五年（一五八七年）、四十八歳になった丸目蔵人は勘気を解かれ、再び相良氏に仕えることとなり、タイ捨流の指南役として新たに一七〇石の知行を与えられた。


タイ捨流は九州一円に広まり、相良家中だけでなく他家にも弟子や門人が多数いた。筑後国柳河藩初代藩主の立花宗茂《たちばなむねしげ》や筑後山下の城主・蒲池鑑廣《かまちあきひろ》も門人の一人である。

なお、かなり後年のことになるが、幕末の佐賀藩主・鍋島直正もタイ捨流を学んだことで知られている。

タイ捨流のタイという言葉には、「大・体・待・対・太」という意味が含まれ、一方では剣の形は自由、という教えも説いていたといわれる。兵法名が「タイ捨流」とカタカナ表記なのは、〝漢字にすると技術や精神が文字に縛られるためである〟と、「タイ捨流の序」

に書かれている。

また、上泉信綱が創始した「新陰流」は弟子によって進化を遂げ、柳生宗矩《むねのり》が将軍家剣術指南役となったことで、「東の柳生」「西の丸目」と並び称された。

丸目蔵人はタイ捨流が強いことを証明するために柳生宗矩に試合を挑んだが、宗矩は「竜虎相搏《う》つは非、天下を二分せん」と蔵人を説得して試合は行われなかったと伝わる。

丸目蔵人は、晩年には徹斎と号し、一武村切原野（熊本県球磨郡錦町）の開墾に従事しながら隠居生活を送った。剣術以外に槍術、薙刀《なぎなた》術、馬術、忍術、手裏剣にも精通。また、書、和歌、仕舞、笛などにも優れた才能を示した教養人であったといわれている。

寛永六年（一六二九年）五月七日に九十歳で死亡。墓は切原野（球磨郡錦町大字一武）の堂山にあり、周辺はこんもりした林に囲まれている（筆者も帰郷した折に、一度墓参りに行ったことがある）。

なお、資料は残っていないが、二十九歳の宮本武蔵が七十三歳になった丸目蔵人に教えを請うため切原野に来た時に、二刀の型を伝授したことで武蔵の二刀流が完成したという説もある。

この説に関しては、武蔵が天下無双を求めて蔵人に挑んだという次のような説話がある。畑を耕していた丸目蔵人に武蔵がお手合わせを願った。すると丸目は、「粥《かゆ》でも食べないか」と家に誘う。粥を食べ終わると丸目は再び鍬《くわ》を担いで出て行った。武蔵が家と馬屋の狭い通路を丸目について行くと、中ほどまで行った時に丸目は急に振り返り、鍬を頭上に振り上げた。武蔵は左右が狭いので刀が抜けず後ずさり、出口まで行って身構えた。その様子を見た丸目はニタッと笑って畑に行き、耕し始めていた。その姿を見た武蔵はこう言った。「無敵、遠く及ばず」、「ご教示、心根に撤しましてございます」。そしてその場を去った。

真否は不明だが、丸目蔵人が武蔵に剣術を直接指南したのではなく、武蔵が丸目の所行を見て「剣の道」の深さを教えられ、二刀流を完成させたということのようである。

剣豪「丸目蔵人」は、相良藩（人吉藩）ではとりわけ有名な剣豪であり、今でも彼にちなんだ剣道大会が各地で開催されている。

〈例〉

・剣豪「丸目蔵人」顕彰少年剣道選手権大会

・「熊本県剣道連盟　少年剣道錬成大会」

学芸会の演目「牛若丸」で弁慶役に

幼かりし頃、幼稚園の学芸会で演目「牛若丸」に出演し、弁慶役を演じた。演じたのは、五条大橋で牛若丸と弁慶が初めて出会った場面。僕は六歳の園児で、牛若丸は一つ年下の可愛い女の子だった。

弁慶はすでに九九九人を負かし、相手の刀を手に入れていた。五条大橋で出会った若造から区切りの良い一〇〇〇本目の刀を取得しようと、軽い心持ちで切りかかった。

ところが、相手の美少年は思ったより身軽で、何度切りかかってもヒラリ、ヒラリと欄干の上に飛び上がって躱《かわ》される。薙刀の切っ先が相手に届かない経験のなかった弁慶は、戦いに疲れて戦意を失い、最後には薙刀を五条大橋の板張りに落とし、両手をついて跪《ひざまず》き牛若丸に降参する。

牛若丸役の女の子と弁慶役の僕は、演劇の間中、小音量で流されていた童謡唱歌「牛若丸」の歌詞に合わせて芝居をした。

○童謡唱歌「牛若丸」の歌詞

一番　京の五条の橋の上　大《だい》のおとこの弁慶は
　長い薙刀ふりあげて　牛若めがけて切りかかる

二番　牛若丸は飛び退いて　持った扇を投げつけて
　来い来い来いと欄干の　上にあがって手を叩く

三番　……（出だし、省略）……
　燕のような早業に　鬼の弁慶あやまった

僕は弁慶の役は嫌いではなかったが、美少年の牛若丸を演じるのが女の子だったため、牛若丸に降参することに納得できるまでには少々時間を要した。しかし、父に学芸会の話をしたら、父は大いに喜んで早速裏山から手頃の樫の木を伐《き》り出して、薙刀を拵《こしら》え始めた。傍らでじっと見ていたが、その樫の木には少し湾曲した部分があり、そこを薙刀の刃にする予定のようだった。刃の部分に銀紙を張って薙刀は完成。長さも僕の背丈にぴったりに仕上がった。

薙刀も出来上がり、弁慶の役の内容に対するこだわりも吹っ切れたので、学芸会当日は無事に弁慶役を演じることができた。

それから約一年後の四月、僕が七歳の時に父は亡くなった。学芸会の弁慶役は数少ない父との思い出の一つであり、今も事に触れ思い出す役柄だった。

●鞍馬《くらま》の火祭

鞍馬の火祭は、左京区鞍馬にある由岐神社の例祭の一つで、例年十月二十二日の夜に行われる。関西館に勤務していた平成十七年（二〇〇五年）に、「時代祭」の行列を見物した後、鞍馬の火祭を見るために急行した。

出町柳を出て鞍馬山が近づいた時、幼稚園の学芸会が思い出された。しかも鮮明に。鞍馬山は牛若丸（のちの源義経）が、天狗《てんぐ》から剣術の指南を受けた修行の地である。

●五条坂の陶器まつり

京都市東山区五条坂で毎年八月初旬に開催される「陶器まつり」は、京都の夏の風物詩になっている。清水焼《きよみずやき》発祥の地、五条坂に全国から集まった陶器商が路上に露店を構え、多くの焼物ファンがそぞろ歩きしながら、お気に入りの陶器を買い求める。

平成十七年（二〇〇五年）夏、このイベントに出かけた僕は、脇道までこまめに観て廻り、一節の竹をイメージした陶器の「ビールジョッキ」を買った。

五条坂と五条大橋は少し離れているのだが、この時も五条大橋での牛若丸との出合いのシーンを思い出し、懐かしんでいた。

●弁慶の引き摺《ず》り鐘

琵琶湖の南西、長等山《ながらやま》中腹に広大な敷地を有する三井寺《みいでら》は、正式名称を「長等山園城寺《ながらさんおんじょうじ》」という。天台寺門宗の総本山であり、「弁慶の引き摺り鐘」は三井寺の初代の梵鐘《ぼんしょう》である。

この初代の鐘は、金堂の西側にある霊鐘堂に安置されている。

三井寺が延暦寺と山門を争った際、弁慶が梵鐘を奪って一人で比叡山《ひえいざん》の山頂まで引き摺り上げたという。そして撞《つ》いてみると、〝いのー・いのー〟(関西弁で帰りたい)と響いたので、弁慶は「そんなに三井寺に帰りたいのか!」と、怒って鐘を谷底へ投げ捨ててしまったといわれている。鐘にはその時のものと思われる傷痕や破目《われめ》などが残っている。

三井寺に行った時は、剛力で強かった弁慶と、ひ弱そうに見えた牛若丸に手も足も出なかった五条大橋の弁慶役を想像したりしていた。

●牛若丸役の美少女が若くして亡くなった

幼稚園の学芸会で牛若丸の役を演じた美少女は、高校生の時、不慮の事故で亡くなった。球磨川に架かる「天狗橋」（吊り橋）を自転車で走行中、落雷による突然死だった。

このことを知ったのは事故から数年後のことだった。可愛かったあの美少女がそんなに若くして逝くなんて、とても信じられなかった。さらにこの折には、牛若丸役の少女は、実は僕の父方の親戚の娘だったということも知った。父が薙刀を丁寧に拵えたのには、そんな事情もあったのかもしれない。もともと雷が怖かった僕だが、この事故を知って以来、落雷には十二分に気を付けるようになった。

それにしても、鞍馬山で天狗に剣術の指南を受けた牛若丸が、天狗橋で落雷事故に遭うとは、何という運命のいたずらだろう。

その後、天狗橋は球磨川の大氾濫〔令和二年（二〇二〇年）〕によって、跡形もなく流されてしまった。また、川向こうにあった集落もほとんどの家が流出し、住民は別の安全な地域への移住を余儀なくされている。

●旧五条橋は現在の松原橋

平安京の五条大路は現在の松原通に相当することから、「五条の橋」は現在の松原橋付近とする説があり、牛若丸と弁慶の出会いの地は現在の「松原橋」と考えられる。

松原橋西詰の傍らには、二人が出会った時の情景を模した京人形風の二体の石像が設置されている。また、古地図の中には「元・五条橋（現・松原橋）」と記されているものもある。

青春の城下町――わが故郷

私のふるさと人吉は、九州山地に囲まれた盆地で熊本県の最南部に位置している。人吉・球磨地方の中心地で、人吉藩相良氏の城下町として栄えた。

市内中心部には国宝の「青井阿蘇神社」があり、平成二十七年（二〇一五年）四月二十四日には旧藩下の各町村と並んで「相良七〇〇年が生んだ保守と進取の文化」が日本遺産に認定された。

「九州の奥座敷」、「九州の小京都」という名で呼ばれる人吉市は、今でも街のあちこちに古い町並みや、独特の風習を見ることができる。

独自の文化を育んだ背景には、鎌倉時代に相良氏が人吉城を構えて以来、明治時代まで約七〇〇年の間、ずっと同じ領主によって支配されたからだといわれている。近隣他藩からの侵略を受けず、争いを知らず、球磨川の清流と山の間の澄んだ空気のなかで、ゆっくりと文化を育んでいたのであろう。

街の中心部を清流球磨川が東西に流れており、最上流に「水の手橋」が架かっている。

また、少し下流には球磨川と合流する胸川が流れていて、人吉城は合流点の小高い山に築かれた。つまり、北西側は球磨川、南側は胸川を天然の堀とし、東北側は山の斜面と崖を天然の城壁として、自然を巧みに利用して築城されている。球磨川沿いに三の丸を配し、その南に二の丸、丘陵の最上部に本丸を配した平山城である。

水の手橋を渡った突き当たりの石垣は、「武者返し」と呼ばれる独特の城壁になっている。城壁の最上部に平らな石が突き出して積んであり、ねずみ返しのように城壁越えを阻止することができる。

また、城址内には「旅愁」、「故郷の廃家」などの作詞で知られる、犬童球渓《いんどうきゅうけい》の顕彰碑があり、その前では毎年「犬童球渓顕彰音楽祭」が開催される。

私も小学六年生の時に、鼓笛隊の大太鼓担当として参加したことがある。犬童球渓の本名は犬童信蔵《のぶぞう》というが、球磨川の渓流地域に生まれ育ったので、「球渓」というペンネームを名乗った。

小高い城址に登れば旧市街全体を眺めることができる。城址対岸の「水の手橋」のすぐ上流には、球磨川下りの「発舟場」があり、その下流には川沿いに旅館・ホテルが並んでいる。宿のお風呂はすべて「天然かけ流し」の温泉であり、急流球磨川のせせらぎを聞きながら入る温泉は、訪れた旅人たちに安らぎを与え、常連客も多いようだ。

私が高校一年生の時〔昭和三十九年（一九六四年）〕、歌謡曲「青春の城下町」（作詩・西沢爽、作曲・遠藤実）が大ヒットした。そして歌手の梶光夫は、一躍スターとなった。

歌詞は以下のとおりである。

一番：流れる雲よ　城山に　のぼれば見える君の家　灯りが家にともるまで
　見つめていたっけ逢いたくて
　ああ青春の思い出は　わがふるさとの　城下町
二番：白壁坂道武家屋敷　はじめてふれたほそい指　ひとつちがいの君だけど
　矢羽根の袂《たもと》が可愛いくて
　ああ青春の思い出は　わがふるさとの　城下町
（三番　省略）

歌詞のモデルになった町と城は、岐阜県揖斐川町《いびがわちょう》の藤橋城《ふじはしじょう》といわれているが、私の故郷でも、人吉城址に登り二の丸跡から眺めると、旧武家屋敷や城下に古くからある町並みが一望できる。紺屋町、大工町、鍛冶屋町、瓦屋町、寺町などの職工にちなんだ町や、朝市が立つ日にちなんだ町名の二日町、五日町、七日町、九日町があり、そこには繁栄した当時の面影を残している。また市街地の外には、城址の高台からは望むことのできない町が多数存在している。

秋になると、各町内の祭りが順次に執り行われた後、十月九日に青井阿蘇神社の祭りである「おくんち祭り」で締めくくる。市民から親しみをもって「青井さん」と呼ばれるこの神社の祭りは、人吉球磨地方最大の祭りである。

青井神社で神事を行った後、神輿《みこし》、武者行列などが神社から出発し、市中を練り歩く。水の手橋を渡って人吉城址に到着した行列は、城址の広場で昼の休憩をとった後、再び青井神社に戻って行く。

この祭りには、近隣の町村からも大勢の人が駆けつけて大いに賑わう。「おくんち祭り」は、相良藩時代から藩最大のお祭りだったのである。

私は「青春の城下町」の歌詞もリズムも好きだったので、高校通学時には自転車のペダルを踏みながらこの歌を口ずさんでいた。高校を卒業して上京するまでの青春時代を、私はこの町で過ごした。

矢羽根模様の着物を身に着けた、可愛いくて細い指の美しい娘とも付き合った経験はなかったが、青春時代を過ごし、経験したいろんなことが、今ではすべて良い思い出として懐かしく思い出される。

人吉は私にとって、まさしく「青春の城下町」なのである。

著者プロフィール

尾崎 広一（おざき ひろいち）

生年　1947年
出身県　熊本県
学歴、職歴　法政大学卒、国立国会図書館勤務
東京都在住
著書
『世界のみた日本　国立国会図書館所蔵日本関係翻訳図書目録』国立国会図書館　1989年
『ヨーロッパ文化紀行　ドイツ語圏を中心にぶらり旅』文芸社　2020年
『心のアルバム　「人生」という名の旅の途中で』文芸社　2022年

歩きながら、飲みながら　ワインとドイツと故郷《ふるさと》と

2024年６月15日　初版第１刷発行

著　者　尾崎 広一
発行者　瓜谷 綱延
発行所　株式会社文芸社
〒160-0022　東京都新宿区新宿1－10－1
電話　03-5369-3060（代表）
03-5369-2299（販売）

印刷所　図書印刷株式会社

ISBN978-4-286-25518-7　JASRAC 出 2400905-401